メディアワークス文庫

氷の侯爵令嬢は、魔狼騎士に甘やかに溶かされる２

越智屋ノマ

目　次

第1章　奪われる者、堕《お》ちる者

自分の左胸に聖痕が戻ったことに戸惑いつつ、私は今日の仕事をするために厨房《ちゅうぼう》に向かった。厨房の作業をしながら、雑役婦の皆さんと雑談をしていたときのこと。

「え？　ギルベルト様が、ご出張に？」

「うん、そうだよ。知らなかったのかい、エリィ？」

雑役婦の皆さんから、ギルが複数の部隊を伴って数日間の出張に行くという話を聞いた。

「私、全然知りませんでした……どうして教えてくれなかったんでしょう」

何日か留守をするなら、私にも教えて欲しかったのに……。しょんぼりしている私を見て、皆さんは大笑いしている。

「あははは。だってエリィは昨日、ひどく酔いつぶれてたじゃないか。話せる状況じゃなかったんじゃない？」

それを言われると、耳が痛い……。

「それにしても、団長も大変だよねぇ。王都から戻ったばかりなのに、今日からまたすぐに出張だなんて。それに昨晩エリィと一晩いたってことは、つまり寝たけど寝てない訳だろ？」

「え？」

雑役婦の皆さんが、意味ありげな目でニヤニヤしているけれど。ちょっと意味が分からない。

「今朝、あんたの部屋から悲鳴が聞こえたよ？」

「あたしも聞いた。ってゆーか、同じ階の全員が聞いてたと思うよ」

「うふふ。悲鳴のあと、あんたの部屋から団長が出てきたの、私見ちゃったんだよね」

「それってつまり、そういうことでしょ？」

そういうこととは……？

ふと、皆さんの言葉の意味を理解した。ぼっ、と火が出たように顔が熱くなり、慌てふためいてしまう。

「ち、違います……。そういうことではありません。私は本当にただ、眠っていただけで……」

「「「へぇ」」」

興味津々な皆さんと私の間に、顔を赤くしたアンナが割り込んできた。

「もう！ 皆、はしたないですよっ⁉ ほら。お母さんもニタニタ笑ってないで、仕事仕事！」

はいはーい。と、気の抜けた返事をしながら、皆さんは厨房の仕事を再開していた。

「まぁ、ともかく今日からしばらくお別れなんだから、エリィも団長にちゃんと挨拶しておいで。今ごろ屋外演習場で、出立前の詰め作業でもしてると思うからさ」

そう言って、ドーラさんが私に時間をとらせてくれた。


屋外演習場には数十人の騎士がいて、それぞれ物資や馬の確認作業をしていた。ギルの姿もそこにある。

騎士たちの顔ぶれを見て、私はふと疑問を持った。

「あの人たち、〝特務隊〟だわ。……それじゃあ今回のお仕事は、いつもと違うのかしら」

ザクセンフォード辺境騎士団には特務隊という特殊な部隊がある。普段は通常の部隊の中に組み込まれているのだけれど、他領騎士団との合同作戦や、領外活動のときだけ編成されるのが特務隊だ。

屋外演習場の観覧席から様子を見ていた私に気づき、ギルがひとりでこちらに来てくれた。その精悍《せいかん》な笑顔を見て、私は改めて決意を固めた——これから仕事に出るギルを心配させてはいけないのだから、きちんと笑顔で送り出そう。聖痕のことも不安ではあるけれど、絶対に顔に出さないようにしなくちゃ。

「どうした、エリィ」

「お仕事中にすみません。ご出張でしばらく騎士団に戻らないと聞いたので、ご挨拶をと思いまして」

「いや。俺も今から君に話しに行くつもりだった。エリィのほうから来てくれて助かる」

忙しいギルに、長々と話しかける訳にはいかない。手短に挨拶してすぐに立ち去ろうとしたのだけれど、ギルは私を引き留めた。

「エリィ。数週間は戻らないかもしれないんだ。今朝のうちに伝えるつもりだったのが、……ついつい他の話題に夢中になってしまった」

数週間？　思っていたより、かなり長い。うっかり悲しい顔になりかけてしまい、慌てて笑顔を取り繕った。

「わかりました、お気を付けて。お帰りをお待ちしています」

「首尾よく進めば、もっと早く戻れるかもしれない――が、油断は禁物だな。今回の件で成果が出たら、君に伝えたいことがある。……どうか、それまで待っていて欲しい」

「？」

あなたを待つのは、当然のことなのに……どうして念を押すんだろう。

「エリィ。これを受け取って欲しいんだが」

ギルは懐から何かを取り出し、それを私の手に握らせた。

「……これは？」

トパーズのような金色の石の嵌《は》まった、珍しいデザインの指輪だ。かなりの年代物に見える。

「綺麗《きれい》。でも、この指輪は一体……？」

「母の遺品だ」

「お母様の形見!?　そんな大切なもの……受け取れる訳がないじゃありませんか！」

私は恐縮して指輪を返そうとしたけれど、彼は私の手を握って遮ってきた。

「この指輪は、母の民族《ミゼレ人》の護身具なのだと聞いている。俺が不在の間、君を守るよう願いを込めた。俺には魔法の心得はないから、実用性は期待できないが」

それでも、エリィに持っていて欲しい。――まっすぐな目でそう言われ、何も言い返せなくなってしまう。

「……お預かりするだけなら」

切実そうだったギルの美貌に、とろけるような笑みが浮かんだ。

「ありがとう。今回の仕事から戻ったら、改めて君に合う指輪を贈らせてくれ。……だからひとまず今は、それを預かっていて欲しい」

――ギルが、私に指輪を贈ってくれる？

この国で男性が女性に指輪を贈るのは、プロポーズをするときだけだ。単なるプレゼントとして贈るのは、一般的ではない。

彼の言葉の意味合いを考えそうになり、しかし、すぐに冷静になった。プロポーズも結婚もあり得ない……私の結婚相手を決めるのは、私自身ではなく国王陛下であるはずだから。それでも今は、ただギルの近くにいられるのならば幸せだ。

深く考えないようにして、私は明るく笑って見せた。

「分かりました。それならこの形見の品は、大切にお預かりしています。でも、できるだけ早く戻ってきて下さいね」

「約束するよ」

ギルと特務隊の騎士たちは、それからしばらくして出発した。作戦の内容を、もちろん私は知らない。私にできるのは、彼らの無事を願うことだけだ。

私は掌《てのひら》を開いて、握りしめていた彼の指輪を見つめた。

——早く帰ってきて下さいね、ギル。

感傷に浸ってばかりはいられない。私は急いで自分の部屋に戻り、鏡台の前で自分の襟を解いた。肌身離さず身に着けていた、銀のネックレスが露《あら》わになる——先日のデートのとき、ギルからもらった大切なものだ。鎖を一度外して、彼に託された形見の指輪を通した。こうしておけばこの指輪も、ずっと身に着けておくことができる。

「さぁ。私もお仕事をがんばらないと！」

ネックレスを付け直して衣服を整えた私は、気持ちを新たに厨房へと戻ったのだった。

＊＊＊

ギルベルト率いる特務隊が出発してから、三日が経《た》った。エリィは寂しさを顔に出さず、いつも以上に仕事に精を出していたが——そんなエリィを見て、アンナは少し心配になっていた。

「エリィさん、がんばりすぎちゃうからなぁ……」

ぽつん、とつぶやきながら、アンナは原っぱで遊ぶ子供たちを見守っていた。今日は、アンナが子守りの当番だ。騎士団本部の近くにある原っぱに、子供たちを連れて来ていた。

ちなみにエリィは、今日は非番である。

非番であるにもかかわらず、エリィは早朝から厨房で下ごしらえを手伝おうとしていた。「あんたは非番でしょ」と雑役婦仲間に厨房から追い出されると、今度は床掃除を始めようとしていた……じっとしているのが、耐えられない様子だった。

「エリィさんったら、何かして気を紛らわせてないと落ち着かないんだろうな」

アンナは、思わず苦笑していた。団長不在の数週間は、エリィにとってつらい期間になるだろう。いても立ってもいられなくなるくらい、彼女は団長のことが大好きなのだ——そう思うと、アンナは胸がどきどきしてくる。

エリィと団長が想《おも》いを通わせ合う姿は、吟遊詩人が歌いあげる恋物語よりもずっとすてきだ。

初めてエリィに会ったとき、アンナは「絵物語のお姫様が現実の世界に現れたのか」と思った。エリィは息を呑《の》むほど美しく儚《はかな》げで、しかし足に大怪我《けが》をした傷だらけの状態で、団長の屋敷《やしき》で保護されていた。触れたら壊れてしまいそうなほど繊細で、氷の結晶のようなお姫様だと思った。――しかし、その印象は今ではまるで違っている。

今のエリィは笑ったり、戸惑ったり、親しみのある表情をたくさん見せてくれるようになった。団長との日々が彼女を変えたのだ。アンナは、どんどん幸せそうになっていくエリィを見るのが大好きだ。

「団長が、早く帰って来ますように」

野に咲くスミレの花を一輪折って、アンナはスミレの花にささやきかけた。子供がよくやる、おまじないの一種だ。花の精にお願いすると、願いを叶《かな》えてくれるのだという。

「エリィさんと団長が、ずっと仲良くいられますように」

アンナは、自分の髪に手を伸ばした。紅茶色の髪には、先日エリィがくれた髪留めが飾られている。「いつもありがとう」と言って、エリィがデートのお土産に買ってきてくれた髪留めだ。

こんなすてきな贈り物をもらうのは、生まれて初めてだった。胸の奥がくすぐったくなって、アンナは顔を綻《ほころ》ばせていた――そのとき。

「おねえちゃん、おねえちゃん！　ルイがいないの」

「……え？」

妹のミアに呼びかけられて、アンナは我に返った。

「ルイが、いない？」

「うん」

他の子供たちも、困り顔で告げてきた。

「さっきまでこの辺で虫を取ってたのに。気が付いたらいなくて」

「ルイの奴、いつもそんなに遠くに行かないんだけどなぁ……どこ行ったんだろ」

アンナの弟であるルイは、まだ四歳。泣き虫で怖がり屋で、ひとりで遠くに行くような子ではない。アンナの胸に不安が芽生える。

「……分かった。ちょっと探してくるから。皆は先に戻ってて。誰も離れちゃダメだからね」

最年長の子供たちに仕切り役を頼むと、アンナはルイを探し始めた。

「ルイー。どこにいるのー？」

皆でよく来る原っぱだから、迷子になるとは考えにくい。これまで一度も、問題なんて起きたことはなかったのに。

原っぱの先にある森の入り口付近まで、アンナはルイを捜し歩いた――すると。唐突に男性の声が響いた。

「お嬢さん、誰かをお探しですか？」

声を掛けてきたのは、旅人と思《おぼ》しき装いの三十代くらいの男性だった。その男性を見て、アンナは大きく目を見開いた――男性を、というより実際には、男性に抱かれて眠るルイを見て驚いたのである。

「ルイ！」

「ああ。やっぱりこの男の子を探していたんですね。迷子を保護したものの……親御さんはどこだろうかと、困っていたのです」

穏やかな声でそう告げる男性に、アンナは胸を撫《な》でおろした。

「私の弟なんです。急にいなくなっちゃって……本当に助かりました。ご親切にありがとうございました」

アンナは、男性からルイを受け取ろうとした。しかし、男性の様子がおかしい。にこやかに笑っているものの、熟睡しているルイをしっかり抱きしめたまま、返してくれる様子がない。

「お嬢さん。あなたはザクセンフォード辺境騎士団の方ですね？　先ほど、あなたが騎士団から出てくるところを見ていたのですよ。実は、是が非でもあなたにお願いしたいことがありましてね」

「……？」

不審な物言いに、アンナの背筋に緊張が走った。

「エリーゼ様を、お呼びいただきたいのです」

エリーゼ様。考えるまでもなく、エリィのことなのだと分かる。

「呼ぶ……、エリィさんを？」

「おや。こちらではそのような名で呼ばれていらっしゃるのですか？　私は、エリーゼ様のご家族から伝言を預かっているのです。ご家族のご意向により、何としてもエリーゼ様にお言葉をお伝えせねばなりません」

男は目を細め、子供に言い聞かせるような声音でアンナにそう告げた。決して友好的な態度ではない――こちらを蔑むような、どこか高圧的な態度である。

この男の言うことを聞いてはいけない。アンナの直感が、そう告げていた。

「エリィさんに伝言があるのなら、私が伝えますから、用件を教えてください」

「いいや。こちらにエリーゼ様を呼び出していただきたい」

男はルイを抱いたまま、笑みの形に唇を吊《つ》り上《あ》げている。

――どういうことなの？　この男の人は、一体何なの？

恐怖と混乱で、アンナの思考はまとまらなくなった。

――エリィさんの家族の伝言？　本当に？　ここに呼び出せって、どういうこと？　どうしたらいいか分からない。エリィが「侯爵家」という貴族の出身であり、しかも大聖女という特殊な立場になりうる人だったということは、アンナも先日聞いた。でも、どういう事情で団長のところに身を寄せることになったのかは知らない。エリィの家族関係についても、聞いたことはない。

――本当に家族の言葉を伝えるだけなの？　でも、家族って……。

アンナは、初めて会ったときのエリィの姿を思い出した。エリィはとても傷ついていて、悲しそうで、怯《おび》えていた。団長に救われる前のエリィは、きっと悪い人たちに囲まれて生きていたに違いない――アンナは、ずっと前からそう感じていたのだ。

「駄目です！　エリィさんには会わせません」

とっさにアンナは断った。男性の目に、ぎらりと冷たい光が宿る。

「困ったお嬢さんですね。それならば、あなたの弟を返すこともできません」

視線だけで射殺されそうな、冷たい瞳だ。アンナはぞっとした――この目は、知っている。父を喰《く》い殺した魔狼と同じ、残虐性を孕《はら》んだ目だ。

男は瞳に殺意を宿しつつ、表情だけは笑みの形のままだった。笑顔のままでアンナを見下ろし、冷たい声で非難する。

「お嬢さん。あなたのように何の苦労もなく、家族に囲まれてのうのうと生きる小娘には、到底理解できないでしょう。エリーゼ様のご家族は今、必死の思いでエリーゼ様を求めていらっしゃるのです。私はただ一言《ひとこと》、会って伝言を告げるだけでいいのです……その程度の協力もできないほど、あなたは愚鈍なのですか？」

悪意と偏見に満ちた言葉に、アンナは絶句した。

そんなアンナを見下ろして、男は高慢な声で宣告する。

「エリーゼ様を連れて来てください。あなたの家族が大切ならば」

わざとらしい態度で、男はルイを大切そうに抱えてみせた。

「……ルイ！」

悲鳴のようにアンナが叫んでも、ルイは熟睡したままだ。

「我々は本気だ。あなたが協力してくれないのなら、少々手荒な手段を選ぶことになる」

男は右手で、自分の腰鞘《さや》からナイフを引き抜いてみせた。アンナは「やめて！」と叫びをあげる。

「お願い、やめて……。分かった、分かったから。ルイを傷付けないで！」

「すべてはあなた次第です」

「……本当に、エリィさんに話を伝えるだけなのね？」

男は鷹揚《おうよう》にうなずいている。断るという選択肢は、初めから与えられていなかった。

他の者には気取《けど》られないように、エリーゼ様だけを連れて来い。そんな指示を受けたアンナは、騎士団へと戻っていった。


アンナは呼吸を整えて、平静を装うことにした。「絶対に誰にも気取られるな」、「エリーゼ様には、事情を告げずにお招きしろ」と命令されている。今日のエリィは非番だから、騎士団本部に併設された寄宿所の居室にいる可能性が高い。

エリィの部屋のドアをノックすると、案の定、彼女の声が返ってきた。

「あら、アンナ。いらっしゃい」

柔らかい笑顔で出迎えてくれたエリィの目を、見つめ返すことができない。部屋の中に、うろうろと視線をさまよわせてしまう——エリィの机には紙束とインク壺《つぼ》が置かれていて、何か書きものをしていたところだったようだ。

「どうしたの？」

唇を綻ばせて首を傾《かし》げているエリィに、アンナは躊躇《ためら》いがちに言った。

「エリィさん。……あの。外の仕事を、ちょっとだけ手伝ってもらえませんか。えっと……人手が、足りなくて」

「そうだったのね。わかったわ」

声をかけてくれてありがとう、と言いながら、エリィは手早く机を片づけた。笑顔を浮かべて、アンナと一緒に部屋を出る。

「……せっかくの非番の日なのに、すみません」

「いいのよ。ちょうど暇だったの」

エリィは嫌な顔ひとつせず、アンナを疑うこともなくついてきた。誰に見咎《みとが》められることもなく、すんなりと寄宿所を出てしまう。

――エリィさんお願い、私を疑って。一緒に行くのは、嫌だと言って。

身勝手な願いが頭の中でぐるぐる渦巻き、アンナは胃がせり上がってくるような不快感を覚えた。

どうしよう。どうしたらいいの。このままエリィさんを連れていって、本当に良《い》いの？　今ならまだ、止められる。でも、そうしたらルイはどうなるの？　――そんなふうに思考が乱れ、頭の中がまとまらない。息が乱れる、足が震える。

アンナを見て、エリィは違和感を覚えたらしい。

「アンナ。顔色が悪いわ。大丈夫？」

「…………………」

「体調が悪いなら、無理をしないで。仕事なら、今日は私が代わるから」

「…………私は、平気です」

「……そう」

無理しないでね、と言って、エリィは気遣わしげな表情を浮かべてアンナの隣を歩く。エリィの足が止まることはない。

とうとう、約束していた場所に到着してしまった。森の入り口、木々の茂みから姿を現した旅装の男を見て、エリィが眉を顰《ひそ》める。

「……アンナ？　こちらの方は、どなた？」

エリィは、記憶をたどるような表情をして男の顔に見入っていた。瞬《まばた》きもせず数秒――やがてハッとして美貌を青ざめさせた。

「……ッ‼　あなたは、父の騎士――」

「お久しぶりでございます。エリーゼ様」

にぃ……と唇を歪《ゆが》ませて、男は騎士の礼をした。瞬間、周囲の樹々《きぎ》の陰から十人余りの男が湧き出す。全員が旅装束だ。

男たちはすかさずエリィを拘束し、無理やり唇を開かせて何かを飲ませた。ぐったりと脱力したエリィをひとりの男が抱きあげると、用意していた馬に乗って駆け出す。男たちの数名がほぼ同時に騎乗して、エリィを乗せた馬に並走して消えていった。

瞬時に起きた事件に呆然《ぼうぜん》とし、アンナはその場に立ち尽くしていた。だが、我に返った彼女は、「連れて来い」という命令を下した男に取《と》り縋《すが》る。

「あなたたち、エリィさんをどうする気なの⁉　話をするだけじゃなかったの⁉　ねえ‼」

「うるさい」

アンナの頬に激痛が走った。手加減なしの力で頬を張られて、勢いそのまま地面に転がってしまう。

その場に残った五人の男たちが、嬲《なぶ》るような目でアンナを見下ろしていた。

「思いのほか、簡単な仕事だったな。ザクセンフォードの騎士どもと交戦するかと思っていたが」

「ふん、正面からやり合う馬鹿がいるか。こういう、頭の悪そうなガキを利用するのが一番いいんだ」

「こんなに簡単にエリーゼ様を攫《さら》えるとはな」

　下卑た笑いを漏らしつつ、主犯の男がナイフを抜いた。

「さて。それでは、後片づけと行こう。きちんと口封じをしておかないと、追っ手が湧いたら面倒だ」

　陽光を受けてぎらりと光る刃を、アンナは呆然と見上げていた。かたかたと震える彼女を見て、男のひとりが嗜《し》虐《ぎゃく》的な笑みをこぼす。

「おい、殺す前に、少しくらい遊ばせろよ。いつもそうしてるじゃないか」

「お前本気か。こんなガキを犯って、何が楽しいんだ」

「むしろガキのほうが面白いじゃないか。それにこいつ、なかなかイイ顔してるぜ。お前らもよく見てみろよ」

　獣のような顔をして、男はアンナの前に身をかがめた。彼女の頬を引《ひ》っ掴《つか》み、舐《な》め回すような視線を這《は》わせる――。吐き気を催し身動きできなくなっていたアンナだが、しかし主犯格の男が発する声を聞いて我に返った。

「……犯るならさっさと犯ってこい。人質のチビは用済みだから、先に始末しておく」

人質のチビ。

「やめて！　ルイを殺さないで!!」

「うるさい、黙れ！」

手荒に抱き上げられて森の奥に連れ込まれていく。

これは、自分への天罰なのか。絶望の中、アンナは自分自身を呪った。

――エリィさんを、こんな奴らに引き渡してはいけなかったのに。悪い人だと思っていたのに。こんな奴らの言うこと。絶対に聞いちゃいけなかったのに！　誰かに助けを求めていれば。私ひとりで勝手なことをしなければ……。

押し倒されて、のしかかってきた重みに絶望を覚えた。何もかも、もうおしまいだ――。目の前が真っ暗になった、そのとき。

どす。という鈍い音がすぐそばで聞こえた。アンナに覆いかぶさっていた男が、のけ反って苦鳴を上げている。男の肩には短剣が突き刺さっていた。

「――アンナ！」

自分の名を呼んだのは、聞き覚えのある青年の声だった。その青年は瞬時の動きで男とアンナの間に割り込み、男の顎に拳を突き上げた。男が泡を吹いて気絶すると、青年は背後のアンナを一瞥《いちべつ》して声を張り上げる。

「大丈夫か、アンナ！」

「…………カイン、さん？」

腰鞘から長剣を引き抜いて臨戦態勢を取り、背中にアンナをかばう青年——この青年は、ザクセンフォード辺境騎士団の従騎士カイン・ラドクリフだ。

——どうして、ここに？

しかし尋ねる暇などなかった。

刺された男の苦鳴を聞いて、他の男たちが駆け付ける。鞘走らせた剣の切っ先を、全員がカインに向けていた。

＊＊＊

男たちはカインに剣を向け、地を這うような声音で問うた。

「小僧、貴様は何者だ」

「ザクセンフォード辺境騎士団の者だ！　彼女に手を出すな‼」

カインはアンナをかばいつつ、男たちに向かって鋭い声を発した。カインの額に冷たい汗が流れる——この戦いは分が悪すぎる。

自分はひとりで、相手は四人。しかも自分は正規の騎士ではなく、修行途中の従騎士に過ぎない。辺境騎士団の仲間は今、数キロ離れた場所にいる——今日は追跡訓練があり、自分は逃走者役で単独行動をしていたところだったのだ。

カインのことを、四人は挑発的な目で睨《ね》め付けている。

「邪魔が入ったと思ったが——ふん、小僧が一匹か。だがこれ以上、面倒事が増えると厄介だ。さっさと片を付けよう」

声の途中で斬りかかられて、カインは剣で受け止めた。一撃、二撃と躱《かわ》し、凌《しの》いでから打って出る。交えた刃に、火花が散った。

「その程度の未熟な剣で、我らを討てると思うのか？」

ぎりりと歯を食いしばりつつ、カインは応戦し続けていた。自分の未熟さくらい理解している。アンナを守りながらでは、戦局はさらに絶望的だ。

「アンナ！　君は逃げろ！」

呆然自失《ぼうぜんじしつ》でその場にへたり込んでいたアンナが、我に返って声を上げる。

「カインさん！　こいつらの仲間が、エリィさんを攫って逃げたの！　こいつら、ルイを人質に取って……エリィさんを連れて来いって！　私が、私が馬鹿だったせいで、エリィさんが……!!」

——なんだって。

その動揺が、命取りになった。右腕を切り付けられて、カインは血しぶきを噴き上げその場に膝をつく。取り落とした剣が地を打った。

「カインさん!!」

「はっ、ガキが。余所見《よそみ》をするから、そうなるんだよ」

カインを斬った男は勝ち誇った顔でそう言うと、つま先でカインの剣を蹴り飛ばした。

「おいおい、ザクセンフォードの騎士ってのは、この程度なのか」

「まったくだ。失望させるなよ」

奴らの嘲笑。アンナが名を叫ぶ声。それらを、カインは歯嚙《はが》みをしながら聞いていた。自分の非力さが悔しくて仕方がない……しかし頭は冷静だ。

だから、カインは時間を稼いだ。

「——はは、あははは」

乾いた声で笑い始めたカインのことを、蔑むように四人が見下ろす。

「ガキが、恐怖で頭がおかしくなったか」

「貴様らみたいな無知な奴らが、おかしくてたまらないのさ。ザクセンフォード辺境騎士団を舐めるな。僕ごときを殺《や》ったところで、実力の証明にはならない。貴様らは屑《くず》同然だ」

「なんだと？」

「女性をいたぶり、陥れる——それが男のすることか？　辺境騎士団の騎士たちは、貴様らのような外道を絶対許さない。彼らに完膚なきまでに打ちのめされて、惨めな自分を恥じればいい」

「ほざけ！」

みぞおちを蹴り込まれ、カインは血まじりの唾を吐き出した。

「ザクセンフォードの田舎騎士が、この俺に勝るだと？　ふざけるな」

「おい、お前。いい加減、冷静になれ」

「うるさい！　このガキ、ただ殺すだけじゃ我慢ならねぇ」

執拗《しつよう》に蹴り込まれても、カインは身をぐらつかせながら笑っていた。

「やめて！　カインさんが死んじゃう」

横から飛び込んできたアンナがカインに抱きつき、かばおうとする。主犯格の男が、興ざめした様子で溜息《ためいき》をついた。

「茶番劇は飽き飽きだ。今、終わらせてやる」

刃をゆらりと閃《ひらめ》かせ、その男が剣を振り上げようとしたとき――。

カインは左手で懐から手投げ式の音響弾を取り出すと、歯で嚙《か》んでピンを抜き、投げ捨てた。そして、アンナの耳をふさいだ直後、緊急事態を知らせる音響弾が鼓膜を裂くような甲高い大音響を響かせる。

男たちが顔色を変えた。

「そんなものを持っていたのか！」

「だから早く殺せと言――」

どすり。ずぶりと二本の矢が、主犯格の男の手足に突き刺さる。その場にうずくまるその男を見て、残る三人が血相を変えた。

カインは唇を吊り上げて笑い、アンナは瞬きも忘れて事の顚末《てんまつ》を見守っていた。

馬蹄《ばてい》の音が近づいてくる。

「カイン！　無事か！」

太くて低いその声は、副団長ダグラス・キンブリーのものだった。ダグラスは馬上で弓を操り、さらにふたりの賊を射抜いた。残る一名が、そばにつないでいた自分の馬に飛び乗って、逃走を図ろうとする。

「逃げられると思うか、貴様」

ダグラスは、賊の馬に並びかけた。馬上で剣を振るうダグラスに、相手もまた剣で応じる——だが剣技は圧倒的にダグラスが上だ。相手の剣を弾《はじ》き飛《と》ばし、ダグラスは賊を引きずり下ろした。賊を締め上げ、捕縛すると、ダグラスはカインたちのもとへと戻る。

「状況を説明しろ、カイン・ラドクリフ。追跡訓練の最中に、何が起きた」

血まみれのカインを見下ろし、ダグラスは鋭く問うた。——カインにとっては、期待通りの展開だった。追跡訓練は、逃亡者役の一名を十名一組の騎士が追跡する訓練だ。逃亡者役のカインが一か所で長居していれば、いずれ追跡者役が追いつく。

「賊は、エリィさんを攫って逃亡——ならびに、ルイを誘拐しています」

「何だと!?」

アンナはカインを抱きしめたまま、涙を流して声を張り上げた。

「私のせいなんです！　ルイを人質に取られて、エリィさんを呼んで来いと命令されました。エリィさん、馬に乗せられてどこかに連れていかれてしまって……!!」

ダグラスが携帯していた号笛《ごうてき》を吹くと、すぐさま他の騎士が馬を駆って現れた。

「エリィさんが拉致された——アルバート班は、今すぐ追跡を開始せよ。ドミニク班は本部に戻り、第二・第三部隊を率いてアルバート班と合流。賊はルイを人質に取っている——マーヴェ班はルイを捜索・奪還せよ！　エマヌエル班は捕らえた賊どもの尋問に当たれ！」

「「「「「Yes, Sir!」」」」」

指示を受けた騎士たちが、それぞれの行動を開始した。

ほどなくして一名の騎士が戻り、馬から下りてダグラスに報告する。

「ダグラス副団長！　西側の茂みにて、ルイを保護いたしました」

その騎士の腕には、すやすやと眠るルイが抱きかかえられている。

「ご苦労。それではお前の班も周囲に異常がないことを確認次第、尋問に加われ」

「Yes, Sir!」

騎士はダグラスにルイを渡すと、すぐさま騎乗して駆け去った。

部下すべてが去ったのち、ダグラスはカインを振り返った。

「よくやった、カイン」

痛みに耐えて歯を食いしばっていたカインは、その場で騎士の礼をして応じる。

ダグラスは、腕に抱えたルイを見つめた。ルイは熟睡していて、これほどの騒ぎの中でもまったく目覚める様子はない。血色は良くて呼吸も安定しており、幼い寝顔はとても穏やかだ。

「ルイは眠り薬を嗅がされたようだな」

ルイの口元に、ダグラスは自分の鼻先を近づけた。ルイが吐く息の臭気を確認して、わずかに安堵《あんど》の色を浮かべる。

「……オミール科の植物由来の眠り薬だ。催眠性は高いが、他の毒性はない。半日もすれば、ルイは目覚める」

ダグラスはルイを抱いたまま、アンナの前で膝を折った。緊張の糸が切れたアンナは、力が抜けきって顔面蒼白《そうはく》になっている。

「私、が……私のせいで、私が……」

カタカタと震えて、虚《うつ》ろなつぶやきを漏らすばかりだ。そんなアンナの肩に触れ、ダグラスは静かな声を落とした。

「アンナ、ルイを騎士団本部に運んでくれ」

ハッとしたように、アンナは顔を上げる。

「ルイはもう大丈夫だ」

「……ルイ、」

ダグラスの腕から受け取った弟を抱きしめて、アンナは嗚咽《おえつ》し始めた。

「アンナ。君がルイを騎士団本部に運んで、目覚めるまでそばにいてやってくれ。今は君にしか頼めない。――やれるな？」

震えて泣きじゃくりながら、アンナは小さくうなずいている。

ダグラスは、カインの肩を支えて立ち上がっていた。

「心配するなアンナ、エリィさんも必ず救い出してみせる。ザクセンフォード辺境騎士団は、邪悪な輩《やから》を許しはしない。必ず悪事を暴き出し、相応の報いを与える」

❄ ―――――― ❄ ―――――― ❄

■何もかも、分からない――。

とても幸せな夢を見ていた。

幸せでいっぱいの、とろけるような優しい夢。

凍える冬に体を温めてくれる焚《た》き火《び》のように。

暗い夜空で明るく輝く灯《あか》り星のように。

優しい金色の瞳で、あの人がいつも私を見ていてくれる。そんな夢。

──でも。今は、とても寒い。

私は、重いまぶたを開けた。後ろ手に縛られて、絨毯《じゅうたん》の敷かれた部屋に転がされている。

……ここはどこ？

ぼんやりしていた視界が、徐々に鮮明になる。この部屋の壁紙や調度品には見覚えがあった。以前の私はここに何度も呼び出され、父の叱責を受けていた──「エリーゼ、お前は不愛想で高慢で、実に不愉快だ」と。

ここがクローヴィア侯爵邸の、父の執務室だと気づいた瞬間に私の意識は覚醒した。

「おや。目覚めたのかいエリーゼ」

「仮死薬って、本当によく効くのねぇ。数日ずっと寝っぱなしなんて、おもしろいわぁ」

執務机に着く父と、父にしなだれかかってくすくす笑う義母が見える。

「エリーゼさんがこのまま死んじゃったらどうしようかと思っちゃった……ふふふ」

「それは困る。勝手に死なれたら、ララに怒られてしまうからなぁ」

何が起きているの⁉　理解できない。私は、ついさっきまでザクセンフォード辺境騎士団にいたはずなのに。どうして実家にいるんだろう。ザクセンフォード辺境伯領からクローヴィア侯爵領までの移動は、四日程度はかかるはずだ。そんな私の疑問を察したのか、父はねっとりとした口調で言った。

「お前がザクセンフォード辺境伯領にいたのは、四日前までのことだ。お前に〝仮死薬〟を飲ませて、ここまで運ばせた。お前も仮死薬くらいは知っているだろう？　服用者の身体機能を、生命維持が可能な最低限度に引き下げて、仮死状態をもたらす魔導具だ」

「……仮死薬？」

言いながら、記憶の糸をたぐりよせる。非番の日だったから、寄宿所の自室にこもって書きものをしていた。これから大聖女の代行として神託を下すことになるのだから、いろいろと情報を整理したいと思ってメモを書いていたのだけれど。そのとき、アンナが部屋を訪ねてきた。「外の仕事を手伝ってもらいたいから、ついてきてほしい」とアンナは言っていた――でも、彼女の様子はどこか、いつもと違っていて。アンナに導かれた場所には旅装の男性が待ち構えていて……彼がクローヴィア騎士団の騎士だと気づいた瞬間に襲われ、無理やり何かを飲まされた。そこから先の記憶はない。

「我が騎士団の精鋭たちが、親不孝者な家出娘《おまえ》を連れ戻したんだ。うちの騎士たちは命令に忠実で、実に役に立つ」

「……どう、して……」

私は、かすれた声で尋ねた。

「私を連れ戻したですって……？　どうしてですか、お父様⁉　私がザクセンフォード辺境伯領で暮らすことを、国王陛下もご容認くださっていたのに。なのに、どうして⁉」

「親が子を連れ戻して何が悪い？　すべては、可愛《かわい》いララのためさ。親の顔に泥を塗る愚かな長女と、王太子妃になった孝行者の次女、愛されるべきはどちらだと思う？」

「そうよ。エリーゼさんのせいで、ララが苦しんでるの。きっちり責任をとってね？」

義母が私に迫り、いきなり襟首に手をかけてきた。私は逃げようとしたけれど、手足を縛られているから抵抗することができない。

「エリーゼさん？　あなたがララの聖痕を盗んだんじゃないの？　……隠してないで、

見せなさい！」

義母は私を捕まえて、強引に私の襟を開いた。大切にしまっていた銀鎖のネックレスと、託された指輪が露わになる。

「っ!?　……何をなさるのですか！」

私の抗議を無視して、義母は私の左胸を凝視していた――左胸に浮かぶ、バラの形をした聖痕を。ニタァ、とした笑みが顔面に刻まれている。

「ほぉら。やっぱりあなたが、ララの聖痕を盗んだのね。この盗人《ぬすっと》！」

「盗む？　何の話です!?　この聖痕は、私の肌に勝手に浮かんだものです！　アザなんて、盗める訳がないでしょう!?」

父も義母も聞く耳を持たない。「やっぱりエリーゼのもとに戻っていたのか」「殿下の魔導具の出来が悪かったに違いないわ」などと言いながら、納得した顔でうなずき合っている。

父は、執務室の外に向かって呼びかけた。

「おいで、ララ。今度こそ聖痕をきっちり回収し、王太子妃の座を手に入れてごらん。お父様とお母様が、お前をしっかり支えてやるからね」

ぎぃ……と開いた扉から、入ってきたのは義妹のララだった。ララは血走った目を爛々《らんらん》と輝かせ、手には短刀を握っている。

真っ赤な剣身に古代文字の呪文が刻まれた、魔導具のような短刀だ。……初めて見るはずなのに、なぜだか私は、その短刀を見たことがあるような気がした。

「こんにちは、エリーゼ。……まさか、聖痕があんたに戻りかけてたなんてね。わたしに聖痕が宿らないせいで、わたしは出来損ない呼ばわりされてひどい目に遭ってるのよ？　いい加減、私に聖痕を渡しなさいよ」

「ララ！　聖痕を渡すって、どういうことなの？　私は本当に、何も……」

「黙りなさい！」

ヒステリックにそう叫ぶと、ララは私の眼前で横一線に短刀を振るった。刃が風を切る音に、私は思わず息を呑む。

「エリーゼ、あんたって本当に腹が立つ。死んだと思ってたのにまだ生きてるし、わたしの聖痕を盗もうとするし。なんであんたみたいな女に、わたしが脅かされなきゃならないの？」

怨嗟《えんさ》のこもった声で言いつつ、彼女は短刀の刃をひたひたと私の頬に当ててきた。すっ、と頬に痛みが走る。じわりと血が流れだした感覚。私は恐怖し、ララは笑う。

「あら、この魔導具、ちゃんと刃物としても使えるのね」

私の喉元に短刀を突き付けてきたララは、嗜虐的な笑みを浮かべている。……でも、その笑みは一瞬で消え失《う》せて、いらだたしげに顔を歪ませた。

「アルヴィンさまが作ったこの魔導具、ひどい欠陥品だわ！　だから、聖痕を不完全にしか奪えなかったのね。もう一度、きっちりあんたの聖痕を奪い直してやるんだから！」

ララは私に馬乗りになり、真っ赤な短刀を掲げた。その刃を振りおろして私の命を奪おうとしているのだ。

「いっ、嫌……やめて、ララ！」

「怖がってるの？　いつも澄まし顔で冷静ぶってたあんたが、ずいぶんな変わりようね」

ララは私を見下ろして、せせら笑っていた。

「ステキな彼に愛されて、可愛い女になっちゃった？　本当にムカつくわ、エリーゼ。聖痕もろとも、あんたの命を奪ってやる。こんな欠陥品の魔導具でも、きちんと生《い》け贄《にえ》を捧《ささ》げれば機能するんじゃないかしら？　試してあげる!!」

ララは躊躇《ちゅうちょ》なく、私の心臓めがけて刃を振り下ろした。

――やめて！

瞬間。目の前に、まばゆい光がほとばしる。「ぎゃ！」とヒキガエルのような悲鳴を上げたのは、ララだった。

「ぁ、あああああああああ‼　あがっ、……あぁ！」

ララは短刀を取り落とし、両目を押さえて醜い悲鳴を上げ続けている。短刀の赤い刃は、床に打たれた瞬間ガラス細工のように砕け散った——何が起きたの？

父と義母が同時に怒号を張り上げる。

「おのれ、エリーゼ！　貴様、ララに何をした⁉」

「その指輪に細工があるのね⁉　よこしなさい！」

——指輪？

私は義母に引きずり起こされ、首からネックレスを引きちぎられた。ショックで頭が真っ白になりかけたところに、義母の手元を見て慄然とした。義母はネックレスの銀鎖に通してあった指輪を、奪っていたのだ。ギルのお母様の、形見の指輪を。

「何をするの⁉　その指輪を返して！　私の大事な物なの！」

「お黙り！」

ぴしゃり、と義母は私の頬を張った。

「ただの安物の指輪にしか見えないけど……まさか魔導具だったとはね。こんな忌々しいもの、捨ててやる！」

義母は指輪を窓の外に投げ捨てた。光に目を焼かれて悶《もだ》え苦しむララを助け起こしながら、義母は殺意に満ちた目つきで私を睨《にら》み付けている。

「よくも可愛いララを！　この子は未来の王妃なのよ⁉　死んで償いなさい。……あなた！　エリーゼなんて殺して頂戴‼」

義母の声に、父が冷ややかな顔でうなずいている。

「ふむ。血を分けた娘を殺《あや》めるのは後味が悪いが、仕方あるまい」

壁に掛けてあった装飾用の刀剣を手に取り、父はそう言った。

どうして……どうして、この人たちはこんなにおかしいの？

「お父様、いい加減にして‼　どうしてお父様はいつも私に冷たくするの⁉　お母様が生きていた頃からそう……なぜあなたは、お母様や私をいじめるのですか⁉」

「目障りだからに、決まってるじゃないか」

表情も変えずに父は答えた。

「私に言わせれば、血がつながっているだけで愛される権利があると思いこんでいる、お前の頭が理解できない。私はお前のこともカミーユのことも、愛《いと》しいと思ったことなど一度もなかった」

当たり前のような口調で、父は淡々と続ける。

「カミーユとの縁談は家の都合で押し付けられたものにすぎない。だから、なんの愛着も湧かなかった。カミーユなど、貞淑といえば聞こえはいいが、少しばかり見栄えがするだけのおもしろみのない女だった。なぜ、そんなつまらない女を愛さなければならないんだ？　お前もそうだ、エリーゼ。お前の、私を見透かすような冷え切った目が嫌いだった。だから、お前なんて要らない」

軽やかに刃を翻らせると、父は私に切っ先を向けた。

「ふざけないで!!」

私は泣きながら叫んでいた。

「あなたたちは、どこまで自分本位なの!?　自分の言動がどれほど人を傷付けるか、考えることもできないの？　他者の痛みも分からないようなあなたたちには、人の上に立つ権利なんてない！」

喉が張り裂けそうな声で、私は喚《わめ》き散らしていた。

「どうしてあなたたちは、そんな当たり前のことが理解できないの!?　侯爵家も大聖女も王太子妃も、オモチャじゃないのよ!?　やっぱりあなたたちは、おかしい！」

「……そういう生意気なことを言うから、お前は目障りなんだ。お前の亡骸《なきがら》は今度こそ、魔狼に食わせて消し去ってやる！」

父の刃が、私に迫る。一瞬の時間が無限に引き延ばされたように感じて、頭がおかしくなりそうだ。死が、目前に迫り来る。

――助けて。

大切なあの人の姿が、脳裏をよぎる。

「助けて、ギル!!」

私が叫びをあげた瞬間。

「エリィ!!」

彼の声と同時に響いたのは、激しくドアが打ち破られる音。直後、父は「ぐぁ！」と苦鳴をあげて大きく弾き飛ばされた。

私をかばうようにして、目の前に立つ大きな背中は――。

「…………ギル？」

私を救ってくれたのは、世界でたったひとりのあなただった。

「無事か、エリィ！」

彼はこちらに駆け寄って、ぎゅっと私を抱きしめた。息ができないほど強く――涙が止まらなくなるほど強く。

すっかり力が抜けきっていた私は、抱かれたままで呆然としていた。私の手足を縛る荒縄を見て、ギルの美貌が憤怒《ふんぬ》に歪む。

私をその場に座らせて、ギルはおびただしい殺意を噴き上げ、立ち上がった。

「貴様ら――――！」

魔獣の咆哮《ほうこう》よりも鋭いギルの怒声に、父がすくみ上がっている。床に落ちていた剣をつかみ取ろうとしていた父のもとに、ギルは瞬時に迫った。容赦なくみぞおちを蹴り込まれた父は、「ぐはぁ……！」と胃の中から絞り出されたような呻《うめ》きを上げて身をよじっている。

「本来ならば、貴様らのような屑は今すぐ切り捨ててやりたいところだが……」

苦虫を嚙み潰したような表情で、ギルは戦慄《わなな》いている。

だがやがて、大きく息を吐き出してから、ギルは彼らに宣告した。

「クローヴィア侯爵、侯爵夫人ならびに王太子妃ララ!!　貴殿・貴女らは国王陛下の意に反してエリーゼの殺害を企てた重罪人である。覚悟召されよ！」

ギルの一声を皮切りに、ザクセンフォード辺境騎士団の騎士たちが執務室に突入してくる。ギルはすかさず、騎士たちに指示をした。

「クローヴィア侯爵らの身を拘束せよ！」

――クローヴィア侯爵領に、どうしてザクセンフォード辺境騎士団がいるの？

私はただただ、目の前の出来事を見つめていた。

何が起こっているのか理解できない。ギルたち辺境騎士団は、〝特別な任務〟のためにザクセンフォード辺境伯領から出ていたはずだけれど……。

父たちは抵抗むなしく、辺境騎士団の騎士たちに縛り上げられていった。

「くそっ。貴様ら、何者だ！　私の騎士たちは、一体何をしている……！」

「我々はザクセンフォード辺境騎士団。クローヴィア侯爵、あなたの騎士はすべて我らに制圧された」

「なんだと……？　ザクセンフォード？　越権行為も甚だしい！　いったい何の権限で、貴様らはこのような真似《まね》を――」

ギルは懐から一枚の書面を取り出し、父や義母たちに見えるようにそれを掲げた

――その書面には、国王陛下の玉璽《ぎょくじ》が押されている。

「我が名はギルベルト・レナウ。国王陛下の命により、貴領にて潜入捜査を実施した。……王太子アルヴィンとともに貴殿が執り行っていた数々の事業にて、国家反逆につながる重大な違法行為が確認された。よって、貴殿らを拘束する」

「なっ…………!?」

青ざめる父と義母を、騎士たちが容赦なく引っ立てていく。

「やめろ、放せぇ！　貴様ら、この私を誰だと思っているんだ！」

「助けて！　私はなにもしてないの!!　主人が勝手にやったことなの、私は無実よ、お金ならいくらでも……いやぁあああ！」

部屋から引きずり出された父と義母の惨めな叫び声が、どんどん遠くなっていった。

裁かれるべきは、あとひとり。

「やめてって言ってんでしょ!?　このクソ……、わたしに触れんな！　わたしが誰だと思ってんの!?　王太子妃よ!?　こんなマネして、タダで済むと思ってるの!?」

ララだけは縛り上げられたあと、引きずり出されず床に転がされていた。……ギルが、そのように命じたからだ。ギルは私の縄を解き、私に言った。

「クローヴィア侯爵夫妻と同様に、この女も厳罰に処されることとなる。……エリィ、君はこの女に対して思う所があるだろう。この女に何か直接言うべきことがあるなら、今が最後のチャンスになるかもしれない」

ララは金切り声で叫び続けている。

「お父様お母様、どこにいるの、助けてよ！　なんでわたしを助けないの？　わたしがこんなにひどい目に遭ってんのに、なんで助けようとしないの！　あぁクソ、どいつもこいつも使えない、あぁあ！」

　さっき私を殺そうとして、ララは魔導具に目を焼かれた。どうやらその影響で視力を失ってしまったらしい。状況が理解できないらしく、ララはパニックに陥っていた。

「…………ララ」

　私のつぶやく声を聞いて、ララは顔を輝かせた。

「エリーゼ、そこにいるのね？　わたしを助けて！　姉妹でしょ？　これまで十数年、一緒に生きてきたじゃない！　お父様とお母様があんたをいじめたとき、何度も助けてあげたでしょ⁉」

　……なんて醜い。どこまでも自分本位な義妹を見て、私の拳は震えていた。

　髪を振り乱して、目を血走らせて叫ぶララは、魔獣めいた形相をしている。でも、醜いのは容姿ではない。彼女自身の浅ましさだ――。

　ぱしっ。

　私は、ララの頬を静かに打った。

「……いい加減にしなさい」

「……エリー、ゼ？」

「あなたはアクセサリーを奪うような気持ちで大聖女の聖痕を私から奪ったのかもし

れないけれど、それはとんでもない大罪よ!? あなたの無責任な言動が原因で、国中に魔獣の被害が増えたの。……意味が分かる？ 増えた数字の裏側で、命を失ったり、大切な家族を失《な》くしたりした人がいるかもしれないって、考えたことはある!?」

絶句しているララを、私は震えながら断罪した。

「私利私欲にまみれて人々を欺き、国を混乱に陥れた罪を贖《あがな》いなさい！ ……私はもう、あなたたちみたいな家族は要らない!!」

すべてを、吐き出した。

呆然としていたララが、やがて悲鳴のように叫び始めた。

「……わたしは、わたしは何も悪くない！ 全部お母様とお父様がやらせたのよ！ アルヴィンがわたしに聖痕を押し付けたのよ、わたしが決めたことじゃない。だから、わたしは、わたしは――」

ギルが私の両耳をそっと塞いだ。

「……エリィ、もう聞かなくていい。いくら話して聞かせても、分かり合えない者もいる」

ララは轡《くつわ》を噛まされて、騎士たちに引きずり出されていった。あまりにも惨めだ。脱力し
震えが止まらなくなっていた私の体を、ギルがしっかりと抱きしめている。

て彼にもたれながら、私はぽつりと問いかけた。

「……ギル。どうして、あなたがここにいるの………？」

「話せば長いことになる。……偶然性も高かった。君が無事で、本当に良かった」

……分からない。

私はザクセンフォード辺境伯領で、普段通りに働いていたはずなのに。

気づいたら、こんな場所にいた。

何度も殺されかけて、怖かった。

あなたが来てくれて、嬉《うれ》しかった。

家族と本当の、決別をした。

全部、訳が分からない。

「すべてを、必ず君に説明する」

安心させるような声音で、ギルは私にささやきかける。私の左胸に刻まれている赤バラのような聖痕《アザ》を静かに見つめ、それから衣服の乱れを直してくれた。

「エリィ。……聖痕が戻ったのか」

分からない。なんで聖痕が戻って来たのか。

私はこれからどうなってしまうのか。

「分からないの。…………全部、分からないの。助けて…………ギル」

力が入らない。ひどく疲れてしまった。

——気が。遠くなる。

私は彼の腕の中で、意識を手放した。

❄　——————　❄　——————　❄

■反逆罪と国外逃亡

——王太子　アルヴィン・エルクト・セラ＝ヴェルナーク

王太子が国外逃亡するなんて、我ながら不名誉極まりないことだ——。

小ぶりな馬車に乗り込んだ僕は、「ちっ」と小さく舌打ちをした。クローヴィア侯爵領にある離宮から密《ひそ》かに脱出した僕は、あらかじめ用意していた逃亡用の小型馬車に乗り込んで、東の国境を目指している。

――この馬車のほかにも、僕の影武者《おとり》を乗せた複数の馬車をいくつもの街道に走らせてある。追跡者どもは今ごろ、そちらの馬車を必死で追いかけているはずだ。……ふん、馬鹿どもめ。この僕が捕まる訳がないだろう？

もともと、いざというときにはこの国を出て、隣国へ逃れるつもりでいた。僕だけが保有している重要情報を提供する見返りに、僕の身の安全を保障させる手はずだったのだ。隣国の有力者とはすでに交渉済みだ――もちろん、重要情報の詳細については相手にも知らせていない。だからこそ、隣国は僕を嬉々《きき》として迎え入れ、僕を丁重に扱うはずだ。

「……だが。まさか、いきなりザクセンフォードの騎士どもが離宮に踏み込んできたのは想定外だったな。おかげで、計画が台無しになってしまった。本当だったら、僕が王位に就くまでの間、計画を隠しておくつもりだったのに。……ちっ、忌々しい」

きっと父上が僕の行動を怪しんで、ザクセンフォード辺境騎士団を使って探らせたのだろう。父上は特殊な任務をさせるとき、王宮騎士団ではなくなぜかザクセンフォード辺境騎士団を用いる。……だがふしぎだ。ザクセンフォード辺境伯と懇意にしているからとはいえ、なぜ辺境伯の私兵どもを重用しているのだろうか？　その理由を、僕は知らない。

「離宮の地下を見られてしまった以上、もはや言い逃れはできない。地下に研究施設を造って魔狼を飼育し、古代魔導具を作るための素材にしていたなんて知れたら……僕の身分剝奪は決定的だ。……くそっ、せっかく上手《うま》く行きかけていたのに！」

僕は馬車の壁を殴り付け、苛立《いらだ》ちに任せて髪を掻《か》きむしった。

——大陸法の定めによって、魔獣の産業的利用は違法とされている。つまり、魔獣を家畜のように飼いならしたり、骨や肉を使って魔導具を作ったりするのは禁忌なのだ。倫理的な問題で禁じられている訳ではない……魔獣の骨や血などを扱う行為自体が危険だから、禁止されている。だが——。

「せっかく安全に魔獣の骨や血を使用して、古代魔導具を作る方法を見付け出せたというのに！　役立つものを作り出して、何が悪いんだ」

現代の魔導具に比べて、古代魔導具はどれも強力だ——魔獣由来の素材を使用しているため、より強力で効果が強いのだ。現代のものは古代魔導具の劣化版にすぎず、性能も種類も古代魔導具には及ばない。

「研究途中の古代魔導具もたくさんあったのに。邪魔な奴らのせいで……」

歯ぎしりしながら、自分の衣服のポケットの中に手を入れた。……持ち出せた魔導具は、この丸薬ひとつだけしかない。離宮から逃げ出すとき、あいにくと小ぶりなものは手近な場所にはなかったから、これ以外の魔導具を離宮に捨て置かざるを得なかったのだ。

「ちっ。……まぁ良い。古文書は無事に持ち出せたからな。古文書と僕の頭さえあれば、隣国で研究の続きができる」

　僕は何度も深く呼吸して、自分の苛立ちを抑え付けていた。

　クローヴィア侯爵夫妻とララは、ザクセンフォード辺境騎士団に捕縛されたようだ。クローヴィア侯爵は資金繰りが良くてビジネスパートナーにぴったりだと思っていたのだが……あいつらのせいで、僕まで足を引っ張られることになるなんて。

「そもそもの失敗は、クローヴィア侯爵に〝話〟を持ち掛けたことだったな。……くそ、人選を誤った！」

　四年前に僕は、古王家の岩窟墓地に遺《のこ》されていた古文書を手に入れた。古文書の解読に成功した僕は、そこに記される数多《あまた》の古代魔導具に関する情報を得たのである。

　だが、知識はただ秘めていても意味がない――実際に古代魔導具を製作し、試験運用するための資金と場所が必要だった。そこで僕は、クローヴィア侯爵に〝共同事業〟を持ち掛けたのだ。

　侯爵は僕の提案を、大喜びで受け入れた。

クローヴィア侯爵はエリーゼの父、つまり将来的には僕の義父となる人物だ。潤沢な資金と研究場所を僕に提供してくれたし、政治的な後ろ盾としても期待できた——そう、当初はすべて順調だったのだ。

古文書を読み進めていくうちに、僕は〝大聖女の聖痕を奪う古代魔導具〟の製法を知った。「あの生意気なエリーゼから聖痕を奪って、他の女に移し替えたら面白そうだ。そうすれば、もっと素直で従順な女を僕の妃にできる」——そんな思考に耽《ふけ》っていたとき、エリーゼの義妹・ララの存在に思い至った。

ララはクローヴィア侯爵夫妻のお気に入りだし、僕に惚《ほ》れて込んでいつもちょっかいを出してくる。頭の悪い女だが、エリーゼよりよほど可愛げがある。だから僕は夫妻とララに、エリーゼの聖痕を奪ってララに移植するという提案をしたのだった。

——その顛末が、この逃亡劇だ。

畜生。無能すぎるララにも、クローヴィア侯爵夫妻にも腹が立つ。

「……だが、僕はまだまだやり直せるはずだ。このまま国境を越えて、逃げ切ってやる」

馬車はとうとう、東の国境付近に差し掛かった。よし、いいぞ、このまま国境を越えて……。

そのとき。ガタン、と馬車が急停車した。

「何事だ！」

僕が叫ぶと、御者は震えた声で答えた。

「ぞ、賊です……！」

「賊だと？」

窓の外に、フードをかぶった長身の男の姿が見えた。フードの下の容貌は見えないが、かなりの手練《てだ》れであることは気配からして明らかだ。

「くそっ。こんなところで、賊なんかに。……もたもたしていたら、追っ手に捕まるかもしれないじゃないか！」

周囲に他の者はなく、この男は単身で襲撃してきたらしい。腰には、剣を提げているのが分かった。なんとかこの場を切り抜けなければ……。

しかし賊の男が剣を鞘走らせた瞬間、

「ひっ！　命だけはお助けを！」

御者は御者台を飛び降り、そのまま逃げ去ってしまった。呆気《あっけ》に取られて、僕は言葉を失ってしまう。

「……おい、お前、逃げるな！　戻れ！」

御者は戻ることもなく、身ひとつで消えてしまった。

フードの男は御者の背中を見やっていたが、御者が消えると今度はこちらに顔を向けてきた。フードを目深にかぶっているから目は見えないが、男の全身から尋常ではない殺意が噴きあがっている。きっと、凄《すさ》まじい形相で僕を睨んでいるはずだ。

「ひっ」

思わず身がすくんだが、こんなところで賊なんかに殺される訳にはいかない。ポケットの中に潜ませていたたったひとつの魔導具を、僕は口に含んでごくりと飲み込んだ——護身用の魔導具だが、これは即効性がないから今は役に立たない。

だから今は、知恵を巡らせてこの場を切り抜けなければならない。覚悟を決めて金貨の入った袋を掴み、馬車の扉を開いた。

「お前の望みは、どうせ金だろ？　くれてやるから、地に這いつくばって拾え！」

僕は賊の男に向かって、金貨をばらまいた。男は金貨を拾う様子もなく、ただただこちらに顔を向けている。

「僕がお前に、ひとつ良い提案をしてやろう！　逃げた無能な御者の代わりに、お前が馬車を操って僕を隣国まで運べ。そうしたら、この金貨の一〇倍の報酬をくれてやる！」

男は興味を引かれたようだった。

「……隣国に？」

よし、食い付いた。どうやら上手く行きそうだ、と僕は内心ほくそ笑んでいた。

「そうとも。僕は隣国へ行くつもりなんだ。僕を待っている者たちがいる。無事にそこまで僕を送り届けたら、彼らから報奨金を受け取るといい。僕は特別な人間だから、彼らは大喜びでお前に金をよこすだろうさ」

男は、不愉快そうに唇を歪ませた。フードのせいで、唇しか見えないが――。

「どこまでも卑しい小僧だな、アルヴィン。隣国などに逃がしはしない。……貴様はこの国で死ぬんだ」

男の姿が、瞬時に消えた。あまりに俊敏な動きだったから、消えたように見えたのだ。次の瞬間、僕の左頰に激痛が走る。

「……ぐぁっ、…………っ!?」

この僕を、男は躊躇なく殴打したのだ。勢いそのままに、僕の体は地面に転がり込んでいた。

この男、何者なんだ……なんで僕の名を知っている。こいつは、ただの賊じゃないのか？　――このままじゃあ、こいつに殺され…………。

「エリィが貴様に味わわされた屈辱は、この程度ではなかったはずだ。貴様のような軟弱な青二才が、王太子気取りだと？　反吐《へど》が出る……！」

男は地獄の底から響くような声でそう言うと、憎しみに任せて僕を蹴り込んだ。呼吸を奪われた僕は、地面に転がりながら激しくせき込む。

「……ごほっ。……くっ、……お、お前は……⁉」

男は僕に答えない。代わりに僕の背を踏み付けて、ぎりり、ぎりりと踏みにじった。

「口を開くな、青二才。俺は機嫌が悪い。お前のような蛆虫《うじむし》が、エリィの婚約者だったというだけで踏み殺したくて仕方ないんだ」

エリィというのは誰だ。婚約者というのなら……エリーゼのことか？　それなら、こいつは、一体……。

フードの奥の双眸《そうぼう》が見えた。憎悪に燃える金色の瞳――今まで見てきたどんな魔獣より、男は残虐そうな目で僕を見下ろしている。……金色の瞳？

僕は男の正体に、ようやく気付いた。

「お前！　お前は……奴隷の、」

言い終わる前に、ぐは、と息を吐き出した。男が一段と強く、僕の背中を踏み付けたからだ。

「聡明《そうめい》な国王陛下の血を引いていながら、どうして貴様はこんなに屑なんだ?」

男は自分の外套《がいとう》を脱ぎ去った。さらりとした長い銀髪と、黄金色の瞳が露わになる――。

「俺の名はギルベルト・レナウ。国王陛下の勅命により、貴様を追いかけて来た。貴様を国家反逆の罪で捕縛する。国王陛下の裁きを受けよ!!」

第2章　断罪のときは迫る

「――ィ。……エリィ」

温かい声に名を呼ばれ、私は目覚めた。

息が乱れる。涙で頬がびっしょり濡《ぬ》れていた。

私は、ベッドに寝かされていたらしい。気遣わしげに覗《のぞ》き込む、ギルの顔が見えた。

「大丈夫か、エリィ。ひどくうなされていたぞ」

そっと涙を拭《ぬぐ》ってくれたギルに、私はぎゅっとしがみついていた。

「……………………ギル！」

体の震えが止まらない。ここはどこなのか、私は今どういう状態なのか、全然分からない。

「大丈夫だ。もう、危険はない。……もうすぐ、すべてに片がつく」

怯《おび》える子供をなだめるように、ギルは私を抱きしめながら、背中をさすってくれていた。

「エリィ、ここは宮廷だ」

「……宮廷？」

「クローヴィア侯爵領に拉致された君を、我々ザクセンフォード辺境騎士団が救出した。その後、君は〝仮死薬〟の影響で昏睡《こんすい》状態に陥り、宮廷医師や聖職者たちの治療を受けていた。……精神的なショックも、少なからず影響していたのだと思う。君の命を狙ったクローヴィア侯爵夫妻と王太子妃のララは、投獄されている。……じき、国王陛下が処遇を決めるが、極刑は免れないだろう」

――あぁ。やっぱり、あれは夢ではなかったのだ。

私は家族に殺されかけて……ギルに救われた。そして私は、家族と本当に決別したのだ。あのときのことを思い返したら、胸に大きな穴が開いたような気分になった。心の中ではすでに家族と線を引いていたつもりだけれど、やはり……悲しい。

「一〇日前、君は辺境騎士団の寄宿所で過ごしていた。……しかし、クローヴィアの騎士たちが君を攫った。アンナを脅迫し、君をおびきだしたんだ」

「アンナを……？」

私は額に手を触れて、記憶の糸を手繰り寄せようとした。ぼんやりとしていた記憶が、少しずつ鮮やかになっていく。

「そうだわ……あの日は、アンナの様子がおかしくて……」

「連中は当初、『クローヴィア侯爵からの言伝てを、エリィに直接会って伝えたい』と言っていたらしい。アンナがそれを拒んだところ、弟のルイを人質に取ってエリィを呼んで来るようにと命じたそうだ。……そして、アンナは連中の言うとおりに、君を彼らに引き合わせた」

険しい表情で、ギルが説明を続けている。

「そして、連中は君を誘拐した。口封じのためにアンナとルイを殺害しようとしたが――」

「⁉」

私は、思わずギルに縋《すが》り付いていた。

「アンナとルイは⁉　どうなったの⁉」

「心配ない。その場に駆け付けた従騎士のカインが、ふたりを守った。その後、副団長のダグラスたちも到着し、連中をその場で捕らえている。尋問の末に、連中はクローヴィア侯爵の手の者だということが分かった」

ギルの話を聞いて、私はわずかに表情を和らげた。

「アンナたちが無事で良かった……。私のせいで、危険な目に遭わせてしまったわ」

「君のせいじゃない」

ギルはそう言ってくれたけれど、私がアンナとルイを巻き込んでしまったのは間違いない。アンナは、大切な弟を人質に取られていたのだ――どれだけ恐ろしかっただろう。きっと、心に深い傷を負ったに違いない。

「ギル……お願いだから、アンナを罪に問わないで。アンナの気持ちを思うと、やりきれないの」

ギルは私の気持ちを理解してくれたようだ。

「君なら、そう言うと思った。大丈夫だ、アンナに不自由を強いたりはしていない。彼女自身の希望によって自室で謹慎しているそうだが、早馬を飛ばして謹慎を解くように指示を送るとしよう。ちなみに、弟のルイは健やかに過ごしている。眠り薬を嗅がされていたらしく、事件のときのことは何も覚えていないそうだ」

安堵の息を吐く私を見つめながら、ギルは再び声を少し低くして告げた。

「……攫われた君を助け出せたのは、天の導きとしか思えない。本当に、運が良かった」

そうだ。

特別な任務で領外に出ていたギルが、クローヴィア侯爵領にいた理由……私は、それを知らされていない。

「どうして、ギルはクローヴィア侯爵領にいたの？」

「国王陛下のご命令で、クローヴィア侯爵と王太子アルヴィンの素性を探るためにクローヴィア侯爵領に潜入していた。彼らの〝事業〟に、いかがわしき点ありとのことでな」

ギルは、少し疲れた様子で息を吐き出した。

「事実、彼らは許されざる所業に手を染めていた。彼らを断罪するにはさらなる証拠が必要だ――そう考えて任務を続行していた最中、伝令が入った。『クローヴィア侯爵の配下がエリィを誘拐した』と聞いて……ぞっとしたよ」

方々を探し回った末にクローヴィア侯爵邸に駆け付けたギルは、窓から〝何か〟が投げ捨てられるのを目撃したそうだ。

「鈍い光を放ちながら地面に落ちていくそれは……俺の母の、形見の指輪だった」

沈痛な面持ちになったギルは、懐から包みを取り出した。彼が開いた包みの中には、ちぎれたネックレスと石にひびが入った形見の指輪が入っていた。

「……！」

義母にネックレスを引きちぎられ、形見の指輪を奪われたときの記憶が鮮烈に蘇《よみがえ》る。どちらも、ギルの思いがこもった大事な物だったのに。悲しくて悔しくて、大粒の涙があふれ出てきた。

「ギル……ごめんなさい」

指輪に嵌まっていた金色の石はひび割れて、宵闇のような黒に変色していた。精緻な彫刻の施されていた銀の指輪は、今にも砕けてしまいそうなほどボロボロになっている。

「ごめんなさい。あなたのお母様の、大切な形見が………」

「何を言っているんだ」

嗚咽する私を、ギルがきつく抱きしめた。

「きっと、母が君を守ったんだ。……この指輪に導かれなければ、クローヴィア侯爵の暴挙を止めることはできなかった。俺は、君を永遠に失うところだった」

ギルの腕が、震えている。

「意識を失った君を部下に預けて宮廷に護送し、俺は残りの部隊とともに王太子アルヴィンを追った。クローヴィア領内の離宮に潜入したが、あと一歩のところで取り逃がしてな。国外逃亡を図っていたアルヴィンを、国境付近で捕縛した」

「国外逃亡を？　アルヴィン殿下が？」

私はギルの腕の中で、驚きの声を漏らしていた。

王太子という身分にありながら、国を捨てて逃げるなんて、あり得る話なのだろうか。あまりにも無責任だし、愚行としか思えない。アルヴィン殿下は、どうしてそんな無茶苦茶なことを……？

「アルヴィンが犯した罪は、魔獣の産業的利用だ。エリィなら知っているだろうが、魔獣の血や肉を使って魔導具を作ることは禁忌とみなされ、極刑さえも検討されうる重罪として扱われる。しかし、アルヴィンは古代の知識を発掘して、さまざまな古代魔導具の復元を試みていた。……君の聖痕を奪った短刀も、アルヴィンが復元させた古代魔導具だったらしい」

「私の聖痕を、奪った短刀？」

要領を得ずに問い返すと、ギルは気遣うような表情を浮かべた。

「やはり覚えていないんだな。その古代魔導具は短刀の形状をしていて、聖痕を奪うと同時に記憶も封じるものらしい。アルヴィンが復元し、使用後はララが所有していた」

「……記憶を封じる？」

聖痕を失くした前後のことを思い出そうとしたら、ずきりと頭が痛んだ。痛みに呻きながら、それでも記憶をたどろうとする。

「エリィ、無理して思い出さなくてもいい」

でも、思い出さなければならない気がした——数か月前、聖痕を失くした時期のことを。アルヴィン殿下から婚約を破棄された日のことを。

左胸の、ちょうど聖痕のある辺りが熱を持った気がした。どくりどくりという心臓の音が、やたらと大きく聞こえてくる。

痛みの向こう、靄《もや》がかった頭の奥に、硬い殻に守られた〝何か〟の記憶がある。それに意識を集中させるうち、殻がひび割れて剝がれ落ちていくような感覚が——。

「……思い出したわ」

頭の中で、記憶がはっきりと形を成した。

「数か月前、アルヴィン殿下に婚約を破棄された日。私は父と義母に拘束されて、聖痕を奪われたの。アルヴィン殿下が血のように真っ赤な短刀を使って、儀式めいたことをしていた。ララはそれを楽しそうに眺めていて、『このまま殺せばいいのに』って……」

血の気が失せて、私は再び震えだしていた。

——やっぱりあの人たちは、最初から私を家族なんて思っていなかった。私のことを『死ねばいいのに』と、心の底から思っていたのだ。

ギルは、痛みに耐えるような表情で私を見つめている。

「私、本当にひとりぼっちだったのね」

そんなこと、とっくに分かっていたはずなのに。あんな家族には、なにも期待してはいけないと。それでも実際に害意や殺意を向けられるまでは、どこかで〝家族〟を求め続けていた——。

寒くて寒くて、震えの止め方が分からない。そんな自分が情けなくて、私は苦笑しながらギルを見つめた。

「ごめんなさい、ギル。大丈夫よ。私は、平気……」

声は途中で途切れてしまった。ギルが、私を——。

私の唇を、奪っていたからだ。

「……!?」

突然のことに、理解が及ばない。

重なり合っていたのは、ほんの数秒。やがて彼は唇を離すと、ひときわ強く私を抱きしめた。

「エリィ。君はもう二度と、ひとりぼっちにはならない。君を孤独になど、絶対にさせない。俺が、絶対に」

息ができない。私の頭の中は、真っ白になっていた。

「俺はエリィを愛している。だから、君を孤独にはさせない」

一生、エリィとともに生きたいんだ――。そう言われて、私はハッと我に返った。

「――駄目」

力のこもらない腕で、私はギルを押しのけようとした。温かな涙があふれそうになるのを必死にとどめて、彼を睨み付ける。

「どうして、そんなことを言うの？　あなたと一生ともにいるなんて……叶う訳がないのに」

……「愛している」なんて、絶対に言われたくなかった。聞いてしまったら、あきらめられなくなってしまうから。

「私の生き方は、国王陛下がお決めになるの」

それでもほんの一時でも、「自由な場所で暮らしていい」と国王陛下に言われたから、私は嬉しかった。いつ終わるか分からない幸せでも、あなたのそばにいられるならそれで十分だった。それ以上のことなんて、絶対に望む気はなかったのに。

「私の生き方は、私が愛するべき人は、私の意志では決められないの」

「分かっている」

「だったら、どうして」

震える腕に力を込めて、ギルから離れようとする。でも、ギルは私を離さなかった。

「俺は君を愛している。エリィは、俺をどう思うんだ」

「どうして聞くの？　そんなの……とても残酷よ」

――大好きに、決まっているじゃない。そう言ってから、私は泣き崩れた。

「どんな苦難も越えてみせる。必ず君を愛し抜く――どうか、俺を信じてくれ」

金色の瞳が、まっすぐに私を見ている。その視線から逃げるように、私は深くうつむいた。

「……どうするつもりなの？」

「心配ない。すべてに決着を付けよう」

私を見つめて、ギルは告げた。

「国王陛下が、君をお呼びだ――アルヴィンが奪った聖痕を君に完全に戻さなければならない。君の準備が整ったところで、俺とともに行こう」

数刻後、身なりを整えた私は、ギルとともに謁見の間に通された。国王陛下や、同席していた側近や侍従たちが一斉にこちらへ視線を注いだ。

国王陛下は、安堵の笑みで私を迎えてくださった。

「エリーゼ！　よくぞ生きていてくれた……！　そなたの命が失われずに済んだことは、この国にとっての救いだ。そなたを救い、同時に逆賊どもを見事捕縛してきたレナウ子爵ならびにザクセンフォードの騎士たちには、最高の栄誉を約束しよう」

かしこまって礼をする私たちに向かって、陛下は嬉しそうな声を投じていた。――でも、次の瞬間、陛下の顔が苦痛そうに歪んだ。

「栄誉を与える前に、余は国の王としての責務をまっとうしなければならない。クローヴィア侯爵家と愚息アルヴィンのすべての罪を明らかにし、償わせる必要がある」

「クローヴィア侯爵家と、アルヴィン殿下に……裁きを？」

「うむ。エリーゼにとっては二度と見たくもない者たちかもしれぬが。アルヴィンが古代魔導具を用いて奪った聖痕を完全にそなたに戻すためにも、まずはアルヴィンを呼ぶとしよう。――良いな？」

思わず、びくりと身がこわばってしまった。あんな人、もう二度と会いたくなかったのに……。

「大丈夫だ、エリィ」

ギルが、私の耳元でささやいた。

私が小さくうなずくと、国王陛下は控えていた衛兵たちに声を投じた。

「それでは、幕引きと行こう。第一王子アルヴィンを地下牢《ろう》より連れて参れ！」

❄ ―――――――― ❄ ―――――――― ❄

■愚かな王太子の結末

――王太子　アルヴィン・エルクト・セラ＝ヴェルナーク

どうして僕が、裁かれなければならないんだ！　そもそも、古代の高度な魔導具を復元させることの、いったい何が罪だというんだ⁉

地下牢に投獄されていた僕は、両手を枷《かせ》で拘束され、目を覆われた状態で衛兵たちに連れ出された。こんな手酷《てひど》い扱いは、王太子に対するものではない。くそ、ふざけている。……あの男の邪魔さえ入らなければ、あと少しで国外に脱出できるところだったのに！

魔獣の産業利用は、第一級の重罪とされている。だから、僕の王位継承権の剝奪と廃嫡は避けられないだろう。……不愉快だが、しかたない。

父上の前では従順にふるまって、少しでも刑を軽くしてもらえるように取り計らおう。そうだ、僕は自由の身になれさえすれば、それでいい。自由であれば、国外に逃げ出すチャンスはいくらでも作れるのだから。僕の頭脳があれば、いくらでも古代魔導具を復元できる。その古代魔導具を活用して、他国でやりなおせばいいんだ！

そんなことを考えているうちに、ひざまずかされ、目の覆いが解かれた――ここは謁見の間だ。玉座の父を仰《あお》ぎ見て、僕は真摯な態度で言葉を待った。……だが、同席していたふたりの男女を見た瞬間、顔が引きつってしまう。

――エリーゼ⁉

なぜこんなところに、エリーゼがいるんだ？　それに隣の男は……僕を殴ったあいつじゃないか！　ザクセンフォードの騎士団長ギルベルト・レナウ。異民族奴隷の血を引く卑しい人間だ。そのギルベルトが、どうしてエリーゼに寄り添っているんだ？まるで、愛し合う恋人のように。

理解できずに眉をひそめていた僕を、父上は静かな瞳で見つめていた。

「ギルベルトよ。アルヴィンの捕縛、ご苦労であった。このように迅速な対処は、お前でなければ為《な》せなかったはずだ」

「光栄です、陛下」

ギルベルトめ。なんで父上となれなれしく喋《しゃべ》っているんだ。憎らしい……。

「アルヴィンよ、お前は古代魔導具を用いた儀式により、エリーゼから聖痕を奪ったそうだな。聖痕を他の者に移し替える古代魔導具など、余はまったく存在を認知していなかったが。ともあれ、経緯はあとで聞くとしよう。まずは、エリーゼの聖痕を本来の状態に戻せ。できるな？」

ここは、従順に従うのが得策だ。僕は神妙な面持ちでうなずいてみせた。

「はい。解呪の方法も理解しています」

父上は衛兵たちに指示を送って、僕の手枷を外させた。衛兵たちが、破損した短刀を僕の前に置く――これは、大聖女の聖痕を奪って他の女に移すための古代魔導具。短刀の刃が割れ砕け、柄だけしか残っていない状態になっていた。

「その古代魔導具は、そなたが作ったものだそうだな。欠陥品だったらしいが」

「それは……」

僕の作り方が悪かったのではなく、ララが欠陥品だっただけだ！　という言葉が喉から出そうになったが、静かに口をつぐんでいた――口答えをするのは危険だ。

父上は何もわかっていない……僕の作った古代魔導具に、不備などある訳ないじゃないか。

すべて、ララが悪いんだ。僕が渡した古代魔導具を壊すなんて、本当に愚かな女だ。

「刃が失われているようだ。そのように破損していても、解呪とやらは可能なのか」

「問題ないはずです。この古代魔導具――〝簒奪《さんだつ》の紅刃〟は、魔力が柄に集約する構造となっており、実際のところ刃は儀礼用装飾にすぎません」

そう答えつつ、僕は古代魔導具の柄を持ってエリーゼの前に立った。

エリーゼは怯《おび》えながらも、襟を解いて自身の胸元を晒《さら》した。エリーゼの隣では、ギルベルトが僕に殺意をたぎらせていた。

エリーゼの肌を見て、僕は思わず目を見開いた――バラの花弁に似た聖痕《アザ》が、浮かび上がっていたからだ。不完全ではあるものの、聖痕が彼女の肌に戻りかけている。

「どうした、アルヴィン。早くせよ」

「……はい。父上」

忌々しいふたりの前で、僕は奴隷のようにひざまずいて解呪の儀式を施した。

「……終わりました」

さっきまで薄かったエリーゼの聖痕は、今では肌に彫り込まれたようにくっきりと刻まれている。

――古代魔導具の実験台にエリーゼを選んだのが、間違いだったな。結婚相手も挿《す》げ替《か》えられて一石二鳥だと思っていたが、まさかこんな展開になるとは。

僕は、心の中で自分の不運を呪っていた。

エリーゼの一件が済んだところで、父上が僕に告げた。

「さて。王太子アルヴィン。そなたは、禁じられた古代魔導具を独断で復元し、実験と称して悪用を試みていた。クローヴィア侯爵から資金援助を得て、実験の場所としてクローヴィア侯爵領内の離宮を用いていたそうだな？　加えて、古代魔導具の材料とするための魔狼を、メライ大森林で異常増殖させていた。これらの罪は重いぞ。中し開きがあるなら、述べてみよ」

返答次第で、僕の処遇が決まってしまう。……何と答えるべきか。

「正直に申せ、アルヴィン。古代語の解読技能に至っては、この国でそなたの右に出る者はいなかった。……だからこそ、この国を背負うに足る優秀な王子だと期待していたのだ」

父上の口調がわずかに優しくなったので、僕は内心ほくそ笑んでいた――これは、チャンスだ。この父は聡明で政治的な手腕に長《た》けているが、情にほだされやすいところがある。そんな〝欠点〟をいつも歯がゆく思っていたが、今だけは存分に利用させてもらうとしよう。

心情に訴えて許しを請うか——？　いや、それだけでは不十分だ。僕がいかに優秀であり、僕を生かすことでこの国がどれだけ利益を得られるか、きちんと理解してもらったほうが都合がいい。

「父上、お聞きください。僕が法を犯して魔獣を利用し、古代魔導具を復元しようとしたのは、すべてこの国のためなのです！」

「ほう。この国のため、と？」

「はい。僕は失われた強力な古代魔導具の数々を実用化させて、この王国を強大な魔法大国へと発展させるつもりでした……千年前の、この国のように」

父上の目が大きく見開かれた。僕の話に、興味をひかれているに違いない。

「僕は幼い頃から、さまざまな古代語を学んできました。王立学院では考古学を専攻し、古王家の岩窟墓地の発掘調査に参加したとき、偶然にも古王家の古文書を手に入れたのです。古文書の解読は非常に大変でしたが、数年かけてとうとう解読方法を発見しました」

「ふむ……古代語の解読をひとりで成し遂げたか。それは大した才能だな」

父上が、興味深そうに聞いている。よし、これはいい流れだ。

「古カラヤ語とエスタリア神語を一音節ずつ分解して掛け合わせ、邪ルメキア語の文法に当て嵌めることで、読み解くことが可能です。その古文書には、王家の年代記にも未収載の古代魔導具が数多く記載されていました。そして、それらの作成法も」

僕は、畳みかけるように父上に告げた。

「古文書に載っていたのは、古代魔導具のことだけではありません。魔獣の脳を壊して主人への従順性を持たせたり、魔獣を人為的に生成する方法についても記載されていました！　これらは一見すると危険な知識に見えますが、正しく使えばこの国を利することになります！」

「なるほど？　そなたはそれほどの知識を、己自身の努力によって手に入れたと言いたいのか」

「おっしゃる通りです。僕は自分ひとりで成し遂げました。王位を継ぐ者である以上、その程度のこと苦ではありません！」

「ほう……」

父上は、納得した様子でうなずいていた。

「だがしかし、アルヴィンよ。そなたは手に入れた知識を隠し、自分ひとりのものとしていた。そして、クローヴィア侯爵との共同事業という名目で、古代魔導具の材料となる魔狼を飼育していたではないか。そなたの私利私欲としか思えぬが？」

「いいえ。いくつかの実験を重ねた上で、十分な成果が出たらすぐ父上にご報告するつもりでした！　魔狼を含めたあらゆる魔獣の利用が大陸法で重罪にあたることは理解しておりますから、早期に父上に報告すれば迷惑になると思ったのです。まずは十分な数のデータを集積して、この国の利益になると証明してから父上にお渡ししようと思っていました」

「なるほど。そなたの考え、しかと理解した」

深くうなずく父上を見て、僕は安堵の息を漏らした。いいぞ、これならきっと、僕の罪も不問に――。

「アルヴィン。そなたを極刑に処す」

「ありがとうござ………………は⁉」

用意していた感謝の言葉が途中で詰まり、声が裏返ってしまった。

「な……なぜですか、父上⁉　僕は父上のためにこの計画を……」

「愚か者が！」

雷のような怒声が響く。

「言い逃れと自己保身ばかりのそなたには、王位を預けることなどできん。魔獣を用いて違法な魔導具を作成していた罪。メライ大森林で魔狼を異常増殖させ、周辺に被害をもたらした罪。ならびに大聖女内定者のエリーゼから聖痕を奪って、国を混乱に陥れた罪。これら三つの大罪により、第一王子アルヴィンは斬首刑とする」

まさか……そんな！

「僕が極刑⁉　うそでしょう、父上。廃嫡や追放までは甘んじて受け入れます、でも、いくらなんでも……極刑だなんて‼」

「アルヴィンよ。千年前に、なぜ古王家が滅びたか貴様は知らんのか。貴様と同様に、魔獣を用いて古代魔導具を作り続け、人の道から外れて破滅に至ったのだ。忌まわしい知識などいらん！　貴様の命とともども、永遠に失われてしまえ‼」

嫌だ。いやだいやだいやだ。

不意に、父上の顔から怒気が消え、悲しげな影が落ちた。

「……お前には失望した。お前の歪んだ性根を見抜けず、正しき道へと導けなかった余の責任も重い。息子がこのような有様《ありさま》では、天に還《かえ》ったお前の母も泣いているに違いない」

くだらない感傷に浸る父上に、僕は必死で呼びかけた。僕を、僕を助けてください……どうかご慈悲を。しかしいくら叫んでも、父は僕の声に耳を貸そうとしなかった。

取り乱している僕を、哀れな生き物でも見るような目でエリーゼが見つめている。

やめろ、そんな目でこの僕を見るな！

衛兵たちが、再び僕に手枷を嵌めようとする。やめろ、近寄るな、僕は王太子なんだぞ!?

「嫌だ――――！」

僕が叫んだその瞬間、右手が紫色の光を放った。

そうだ。すっかり忘れていたが、僕にはひとつだけ切り札があるじゃないか！

国境付近でギルベルトに捕まる直前、僕は一粒の丸薬を飲み込んだ。あの丸薬も、僕が復元させた古代魔導具だ。効果が発現するまで数日かかるのが欠点だが、強力な毒魔法を一撃だけ放てるようになる。

この古代魔導具の名は、〝王家の毒槍《どくそう》〟。王族を守るために、護衛騎士が使う魔導具だ。掌から光の速さで毒槍を放ち、敵をひとりだけ殺すことができる。

この毒魔法は、たったひとりしか殺せない。誰を狙うべきだ？

――考えるまでもない。

僕はギルベルト・レナウを見てニヤリと笑った。こいつを殺してやる！

「死ね、ギルベルト!!　――〝王家の毒槍〟！」

僕は右手を掲げて叫んだ。瞬時、禍々《まがまが》しい閃光《せんこう》が手からほとばしりギルベルトを撃った。

エリーゼが悲鳴を上げる。

「ギル!?」

「あははは！　ざまぁ見ろ。苦しみながら野垂れ死ね、ギルベルト！」

周囲の混乱に乗じて僕は駆け出していた。なんとかして逃げおおせてやる!!

そう思っていたのだが――。

「魔法ごっこか？　蚊に刺されたのかと思ったが」

僕は襟首を掴まれて吊り上げられた。

「……えっ!?」

射殺すような目で僕を睨んでいたのは、ギルベルト・レナウだった。奴は躊躇なく僕を床に叩《たた》き付け、そのまま拘束した。

「なぜだ……!?　どうして〝王家の毒槍〟が効かないんだ!?」

「俺は知らん。貴様の存在自体が欠陥品だということだろう？」

「そんなはずがない！　僕は完璧なのに……！　〝王家の毒槍〟は、ヴェルナーク王家の血を引く者以外を即死させる毒だと書いてあったのに…………………嘘だ、嘘だ嘘だ嘘だ、やめろ、やめろ……」

やめろぉおおおおおおおおおおおおおおおおおおおおおおお！

叫ぶ僕を、軽蔑しきった眼差《まなざ》しで父上が眺めていた。

「お前のような卑劣な息子は、もう見たくない。衛兵、こやつを地下牢に放り込め。裁きの日まで、閉じ込めておけ」

嫌だぁ――――――――――！

僕がどれだけ叫んでも、誰ひとり救おうとする者はいなかった…………。

❄　――――――――――　❄　――――――――――　❄

■大聖女エリーゼの夫

アルヴィン殿下は惨めな悲鳴を上げながら、衛兵に引っ立てられていく。遠ざかる殿下を冷え切っていた目で眺めていたギルに、私は駆け寄った。

「ギル……ギル！」

ギルは、アルヴィン殿下の攻撃魔法を受けてしまった。〝王家の毒槍〟とかいう名で、殿下は呼んでいた。……まさか、毒がギルの体を蝕《むしば》んでいるのでは？　そう思うと、怖くて怖くて息ができない。

「ギル、……身体は大丈夫なの？　あなた、魔法を受けて………」

「俺は何ともない。毒を孕んだ衝撃魔法だったようだが、俺に当たる直前に弾《はじ》けて消えていた」

「でも………！」

ガタガタと震えながら、私はギルに縋りついた。

「ギルベルト、エリーゼ、心配は要らぬ。あの毒槍は、ギルベルトには効かん」

国王陛下が、落ち着ききった声でそう言った。

「念のため、宮廷医師と魔術師団にギルベルトを精査させるが。……よりにもよって〝王家の毒槍〟か、アルヴィンめ……皮肉なものを復元させたものだ」

陛下のご手配で呼び寄せられた宮廷医師たちが、ギルを別室に連れていく。検査の間、陛下が私に説明してくれた。

「余がかつて読んだ書物にも〝王家の毒槍〟という古代魔導具に関する記載が残っていた。薬の形状をした古代魔導具で、服用すると毒の魔法を放てるようになるという。王族を守るために、護衛騎士が服用するものだ。……強力な古代魔導具なのだが、忌まわしい側面があってな。〝王家の毒槍〟を発動したものは、数か月のうちに苦しみながら死ぬ」

「死……？　それでは、アルヴィン殿下も……？」

苦々しい顔で、国王陛下はうなずいている。

「アルヴィンも、もちろん例外ではなかろう。臓腑《ぞうふ》が衰え、食事も水も摂《と》れなくなって野垂れ死ぬ。そうなる前に斬首してやるのが、温情とさえ言えるかもしれん」

と、あきらめたような声音で陛下は言った。

「先ほどの様子では、あやつはこの事実を知らなかったようだがな」

「そんなむごたらしい結末が……」

「ミツバチが自分の命と引き換えに、敵に毒針を刺すのと似たようなものだ。人を呪えば自分も死ぬ。古代魔導具には、多かれ少なかれ呪わしい効果が付随しているという。……だからこそ、そのような物には絶対に手を出してはならん」

しばらくして、ギルが戻ってきた。宮廷医師と魔術師の報告によると「なんら異常なし」とのことで。私は陛下の面前であることも忘れて、ギルに抱き付いていた。

陛下は私を咎《とが》めることはせず、手にしていた王笏《おうしやく》を強く打ち鳴らして、謁見の間に声を響かせる。

「アルヴィンの処遇は決まった。次いで、クローヴィア侯爵夫妻ならびに王太子妃ララに裁きを下す」

先ほどのアルヴィン殿下と同じように、父と義母、そしてララが目隠しをされて引っ立てられてきた。義母とララに至っては、轡まで噛まされている——あまりに喚き立てるから、声を封じられていたに違いない。

目隠しと轡を外され、彼らは謁見の間にひざまずかされた。

「ダリウス・クローヴィア侯爵、ドリス・クローヴィア侯爵夫人、ならびに王太子妃ララ・ヴェルナーク。——弁解の余地があるとは思えぬが、そなたらの言い分も聞いておこう」

刃のように冷たい声を、陛下が彼らに投じる。父は青ざめてだらだらと冷たい汗を流しながら、必死に言葉を選ぼうとしている様子だった。

「——そ、それは。……しかし、」

しどろもどろになって、思考がまとまらないらしい。父の言葉がいつまでも出てこないので、堪えかねた様子でララが騒ぎ始めた。

「助けてください、国王陛下！　わたし、こいつらに利用されてたんです！」

ララは、まだ視力が戻っていないようだ――無謀にも立ち上がり、国王陛下の声がした方向に駆け出そうとしていた。その場で衛兵に取り押さえられ、床に押し付けられてしまったのだが。

「わたし、何も悪くありません！　全部、アルヴィンさまと父母がわたしにやらせたことです。アルヴィンさまが、『エリーゼの聖痕を奪って、わたしに植え付けよう』って！　父も母も大喜びでした」

「ララ、あなた何てことを言うの⁉」

「黙れララ！」

父と母がカッと顔を赤くして、ララを同時に怒鳴り付けた。しかしもちろん、その程度のことで黙るララではない。

「わたし、全部正直に白状します。だから助けてください‼　だってわたし、なにも知らなかったんだもの。アルヴィンさまは『大聖女なんてお飾りだから、誰でもできる』って言ってました。大聖女自身は全然働かなくても、大司教から情報を引き出せば〝神託〟なんて簡単だって。でも、違った!!　わたし、騙《だま》されていいように利用されてただけなんです」

ララは同情を引こうとしているようだけれど、陛下を始めとしたこの場の全員が、彼女を蔑みの目で見ていた。

長い溜息をついてから、国王陛下はララに「その口を閉じよ」と命じた。

「話にならん。このような浅はかな者に、大聖女の役目を預けてしまったこと——我が判断を悔いずにはいられない。ララ・クローヴィア、そなたはアルヴィンの甘言に乗って、エリーゼから大聖女の聖痕を簒奪した。結果、国中を混乱に陥れたのだ。極刑をもって償え。クローヴィア侯爵夫妻も同様だ」

ひっ——と、ララと父母は顔を醜くこわばらせた。

「クローヴィア家が禁忌とされる古代魔導具の研究に着手し、魔獣の飼育に関わっていたことは明白だ。すでにあらゆる証拠がそろっておるし、ララの自白も得られた」

「……そ、そんな!!」

ララは唇を戦慄《わなな》かせていたが、助けてもらえないと分かるや、父母への恨みつらみを喚きながら泣き崩れた。取り乱すララにつられるように、義母も恐慌状態に陥っていた——娘のララを〝裏切り者〟扱いし、押し黙ったままの父を〝無能〟呼ばわりして喚き散らしている。父も、義母とララを口汚く罵り始めた――「お前たちが役立たずだから、自分の人生が滅茶苦茶《めちゃくちゃ》になってしまった！」と。父はやがて私にも怒りの矛先を向けて、「エリーゼが不出来なせいで」などと騒いでいたが、目も当てられない有り様だった。

国王陛下は眉ひとつ動かさずに彼らを眺めていたが、やがて表情を引き締めて声を響かせた。

「さて、愚者の処分はそろそろ幕引きとしよう」

陛下は書記官を呼び寄せ、自身の発言を公的なものとして記録させた。

「王太子アルヴィン、ならびに王太子妃ララを斬首刑に処する。クローヴィア侯爵には爵位返上の上、夫人ともども斬首刑を申し渡す。刑の執行等《など》の詳細については、後日閣議にて決定する。衛兵、罪人どもを引っ立てよ」

私はギルに寄り添ったまま、遠ざかっていく彼らを静かに見つめていた。自分の胸の中にあるこの気持ちを、どう表現したらいいか分からない――ギルはしっかりと、私の肩を支えてくれていた。

そんな私に視線を向けて、陛下が少し声を落とした。

「エリーゼよ。そなたの境遇には同情を禁じ得ない」

「――恐れ入ります」

私は、陛下に深い礼をした。

「そなたの心労を思えば時間を置いてやりたいとも思うが、この場ですべてに決定を下したい。進めて構わぬか？」

もちろんでございます、と私は応じた。

「ここからは、この国の未来の話をしなければならない――つまり、大聖女内定者エリーゼの、夫となる者を決める必要がある」

――私の夫。

言われた瞬間、体が凍りついたように固まってしまった。国王陛下の聡明な瞳が、まっすぐに私を捉えている。

「そなたに聖痕が戻った以上、そなたは再び大聖女内定者となり、国法に従って婚約者を定めなければならない。この国では未婚の王太子がいる場合、大聖女内定者は王太子と婚約することが義務付けられている。しかし、アルヴィンはもういない。余にはアルヴィンのほかには男児はおらず、次期王位は第一王女のミリアレーナに継がせるつもりだ。よって、エリーゼは王太子妃にはなり得ない」

国法に定められた内容を、私は思い出していた。そうだ、王太子との婚姻が成立しない場合には、確か……。

「王太子不在の場合には、国王の妃となることが第一候補となる。……だが、あいにく余は新たな妃を迎えるつもりはない。よって、最後の選択肢として他の王族との婚姻を為すこととしよう」

　私は震えた。

……嫌だ。ギル以外の誰とも、私は結婚なんてしたくない。

ギルは私に、愛していると言ってくれた。

一生ともに生きたいと。どんな困難も乗り越えて、愛し抜くと誓ってくれた。

そして私も、彼に大好きだと告げた。

それなのに……。

「国王陛下……私は、どうしても結婚をしなければならないのでしょうか。私は必ず、大聖女として国を守ります。一生この役目に身を捧げます。だから、どうか結婚だけは……」

「それは許されない」

　国王陛下にきっぱりと否定され、絶望で目の前が真っ暗になった。

「エリーゼ。なぜ、大聖女が王家の妻になる必要があるのか教えてやろう。大聖女の能力は、王家の血と交わることで初めて完成されるからだ。女神アウラの代行者として聖痕を持って生まれた〝大聖女内定者〟は、女神アウラの血を継ぐ〝王族〟に妻として迎えられなければ、真の能力を得ることができない。――これが結論だ。そなたには、王家の妻になるより他の生き方はない」

そんなのは嫌だ。私の生き方なのに……私は、ギルと生きたいのに。

ギルと引き離されるくらいなら、全部の責任を投げ出して死んでしまったほうがいい……。

「余の弟は、エリーゼを甚《いた》く気に入っておる。是が非でも妻に迎えたいと言って聞かないのだ。弟の気持ちを、受け入れてもらえないだろうか」

嫌です――と、言おうとした。でも、何が起きたか分からずに私はその場で立ち尽くしていた。

ギルが私の目の前に立ち、そっとひざまずいて掌にキスをしたからだ。

「エリィ。どうか、俺の妻になってほしい」

「…………え？」

「エリーゼ。我が弟ギルベルトを夫とし、大聖女として末永くこの国を支えてもらいたい」

突然のことで——理解できない。

「陛下の、弟？　王弟殿下？　……ギルが？」

ひざまずいて私の掌に唇を寄せていたギルが、優しい笑顔でうなずいている。

場に居合わせた侍従や衛兵などの驚愕《きょうがく》が、ざわめきとなって耳に届く。私も、困惑を隠せない。

「ギルベルト。すべてを明かすことを許可しよう。そなたの口から、聞かせてやれ」

「兄上のご高配、誠に痛み入ります」

そして、ギルは教えてくれた。

「エリィ……。俺の父は先王陛下だ。母は前に語った通り、異民族の奴隷だった。父の過ちで生まれた俺は存在そのものを伏せられて、ずっと離宮に隔離されていた」

ある日、先王陛下の正妻に……つまり、王妃に毒殺されかけて、ギルは生死をさまよった。——それも、星空の下で話して聞かせてくれた話だ。

「生きることに絶望し、父への憎しみに駆られた俺は離宮を逃げ出して、父を殺そうと宮廷に忍び込んだ……異民族の血を引くためか、幼い頃から身体能力には長けていたんだ。そして月明りに濡れる庭園で——俺は君と初めて出会った」

「……私と？」

それは、おかしい。

ギルは〝私に似た少女〟に出会って、人生が変わったのだと言っていた。

「ギル……私ではないわ。だって、私はあなたに宮廷で会ったことなんてないもの。ギルも言っていたでしょう？　私ではなく、私に似た人だったって」

そう答えると、ギルは眉を寄せて悲しそうな表情になった。

「ギルベルト、もう伏せずとも良い。先王の愚行でお前が苦しむのは不条理だ」

国王陛下は侍従に指示して、香水瓶のようなものを持ってこさせた。私は侍従からその小瓶を受け取った。小瓶の中は、夜を閉じ込めたような紺色の液体で満たされている。

「それは王家に伝わる魔導具のひとつだ。特定の記憶を奪うもので、王の采配でのみ使用されるものなのだが。……先王が、そなたの記憶を封じていた」

「私の記憶を？」

唐突にそんな話をされても、どう受け止めたら良いか分からない。戸惑う私に、陛下が言った。

「先王は、ギルベルトの存在を伏せたがっていた……異民族の血が混ざった王子が生まれたと知れれば、騒乱のもとになると考えたのかもしれない。だからこそ、ギルベルトと接点を持ったエリーゼの記憶を奪うことにしたのだろう」

——だが、もう良い。と、陛下は続けた。

「ギルベルトの在り方は、変わるべきだと余は思う。小瓶を開けよ、エリーゼ」

言われるままに、おそるおそる栓を開けた。

「あっ」

瓶に閉じ込められていた液体が、瞬時に揮発して私を包み込む。

……これは？

目の前に広がったのは、星空で。

私は七歳くらいの少女。隣で空を仰いでいたのは、十二、三歳くらいの、あなただった。

あなたと私は、庭園で出会った。

私は足を怪我していて……でも、もう痛くなかった。

出会ったばかりのあなたが、手当てしてくれたから。

あなたとふたりで寄り添いながら、星を見た。お母様が教えてくれた〝灯り星〟の話をしたら、あなたはとても嬉しそうに話を聞いてくれた。あなたの金色の目がとても綺麗で、灯り星にそっくりだと言ったら……あなたは、泣いてしまった。

とても幸せそうに泣いていた――。

「……ギル？」

目の前にいるギルの頬に、私は両手で触れていた。

「泣いているの、ギル」

ギルの金色の瞳は、夜露のように濡れている。

「…………………嬉しいんだ」

優しく笑って、涙をにじませるあなたは、昔と変わらない。

「……私も嬉しい。二度と会えないと思っていたの。やっと会えて、嬉しい」

ずっと忘れていて、ごめんなさい――私は彼に抱き付いた。

彼も、強く私を抱きしめ返す。

このまま溶けてしまうくらい、ふたりできつく抱き合っていた。

「……若い両名の邪魔をするのは無粋だとは思うが。そろそろ返事を聞かせてもらおうか、エリーゼ」

咳《せき》ばらいをしてそう言った陛下の声で、私たちはハッと我に返った。慌てて抱き合う腕を解き、ふたり並んで礼をとる。

「ギルベルト王弟殿下とのご婚約、喜んでお受けいたします！」

「よかろう！」

国王陛下は立ち上がり、王笏を持ってギルの前に立った。書記官に、再び記録を取らせ始める。

「ギルベルト・レナウ子爵、そなたを大聖女内定者エリーゼの婚約者として認めよう。また、長く伏せられていたそなたの出自を、国内外に公表することを約束する」

「ありがたき幸せに存じます、陛下」

「だが、現時点ではまだ婚約に過ぎない。そこから先は、そなたの活躍次第としよう」

「心得ております」

ひざまずいて首を垂れていたギルは、顔を上げてはっきりと応えた。

「さらなる功績を立てよ、ギルベルト――臣民に、そなたこそが大聖女の夫としてふさわしいと認めさせるのだ。異民族の血も、魔狼騎士なる醜聞も関係ない。あらゆる不利を覆したのち、エリーゼを娶《めと》るがいい」

「恐悦至極に存じます」

陛下とギルは、信頼の眼差しで見つめ合いながら笑っている。やがて、陛下は私に視線を移した。

「エリーゼ。本来ならすぐにでもギルベルトとの婚姻を為し、そなたを正規の大聖女として就任させたいところだ。しかし、それでは臣民は納得しない。ギルベルトが先王の子だと世に知らしめれば、少なからず混乱が生じるだろう。……ただでさえ、アルヴィンとララの失態によって国内各所が混迷状態にあるのだ。だからこそ、ギルベルトが王弟を名乗るに足る人間であると証明し、臣民に認めさせなければならない」

私は理解した。

陛下は、私たちに猶予を与えてくれたのだ。

私を無理やり誰かに嫁がせることもせず、陛下自身の妃に迎えることもせず。ギルと結婚できるように、最大限の配慮をしてくれている。

「ありがとうございます……陛下！」

喜びで声を震わせた私を、陛下は温かい目で見つめていた。でも次の瞬間、意味ありげに唇を吊り上げる。

「覚悟しておけ、ギルベルト。今後の活躍次第では、そなたに王の座を譲る可能性さえあるのだからな」

ぴくり、とギルが顔をこわばらせる。

「そなたらも知っての通り、王位継承権第一位のミリアレーナ王女はとんだお転婆でな。優秀なのだが、王位どころか婚約さえ突っぱねかねないじゃじゃ馬だ。……まぁ、娘かわいさに甘やかしてしまう余にも責はあるのだが。ミリアレーナが女王として不適格であれば、いずれお前に王位が巡る」

　王位を……という言葉に少し顔が曇るギルを見て、国王陛下は楽しそうに笑っていた。

「大聖女内定者エリーゼ、ならびにギルベルト・レナウ子爵に命ずる。今後一層の精進をせよ。民草を正しく導き、身を尽くすのだ」

「「かしこまりました。国王陛下」」

　私たちは最敬礼で即答し、互いを見つめて微笑《ほほえ》み合った。

第3章　終わりと始まり

大聖女内定者に戻った私が最初に手掛けた仕事は、〝神託〟を下すこと――つまり、国内すべての聖女・聖騎士の布陣をし直すことだった。

ララが滅茶苦茶に配置していた聖女と聖騎士を、適正な配分で派遣し直す。とりわけ、魔獣被害が増加していた国土東部は、手厚く人員を配置することにした。

ララは王都や主要都市に過剰な人員を充て、地方の守りをずさんにしていた――本来ならば、地方こそ盤石に守らせるべきなのに。もしかすると、「自分に関わりのなさそうな場所は適当で良い」とでも考えていたのかもしれない。

私が提示した布陣はすぐに中央教会から国土全域の地方教会へ伝達され、聖女・聖騎士の大規模な配置転換が実行された。

ギルとの婚約を国王陛下に認めていただいた日から数えて、ちょうど一か月後――混迷していた国内各所の魔獣対策が、正常化してきたという報告を受けた。適切な布陣を定めることができたのだと分かり、私はとても安心した。

――そして。今日。

私は一般的な聖女の白い装束を纏《まと》い、王都最大の広場であるドルクト広場にいる。私の隣にいるギルは、騎士の礼服を身に纏っていた。私とギルは、広場の一段高い場所、国王陛下とミリアレーナ王女殿下のすぐ脇に控えている。広場には人々がひしめき合って、異様な熱気に包まれている。これから、元王太子らのギロチンによる公開処刑が執り行われるからだ。

死刑執行人に手綱を引かれているのは、王太子アルヴィン、王太子妃ララ、ならびにクローヴィア侯爵夫妻――かつての私の、婚約者と家族たちだ。喧騒《けんそう》の中、官吏が彼らの罪状を読み上げている。クローヴィア夫妻とララの罪状は、『大聖女を騙《かた》って国を大混乱に陥れたこと』……そして、『本来の大聖女内定者であるエリーゼ・クローヴィアを、亡き者にしようとしたこと』。禁じられた古代魔導具を使ったことや、王太子との共同事業と称して極秘に魔獣を飼育していたことなどは、国王陛下のご判断で伏せられていた。

惨めに喚き散らす父と義母には、侯爵家の威厳など微塵《みじん》もない。「自分は悪くない、王太子に命じられただけ」あるいは「夫が勝手にやったこと」と責任転嫁をしたり、恐怖に駆られて支離滅裂な叫びをあげたり。でも、彼らがいくら暴れても、死以外の結末などない。ギロチンの刃が吊り下《さ》げられた断頭台に、父の首が押し付けられる。

「……エリィ。直視する必要はない」

隣にいたギルは私を気遣ってくれたけれど、私は目を背ける気はなかった。

――どずん、と響く死の宣告。ミリアレーナ王女殿下は込み上げる吐き気をこらえるようにして、真っ青な顔で目を背けている。でも、私は瞬きもせず父の最期を見届けていた。

クローヴィア家の処刑に立ち会うのは、私の責任なのだと思う。大聖女の地位は、お飾りでもアクセサリーでもない……それを理解できなかった彼らの末路を、自分の胸に刻まなければならない。父に続いて義母も、同じ音を響かせて散った。……次は、義妹《いもうと》の番だ。

「こんな国、呪ってやる！」

ララは叫んだ。

「わたしは何もしていないのに！　悪いのはわたしじゃないのに!!　自分の無能を棚に上げて、わたしを嵌めた奴らのせいでしょ！　なのに、なんで誰もわたしを助けてくれないの!?　呪ってやる……お前ら全員呪ってやる!!」

これまで固唾をのんで処刑を見守っていた大衆が、恐怖に駆られた様子でざわめき出した。だから私は、声を投じた。

「いい加減にしなさい。ララ」

国王陛下の許可を得て、ララの前に進み出る。

「今のあなたの言動は、大聖女を務めた者として不適切です。国を守り導く覚悟もなく、知識や技術の集積もなく、いたずらに大聖女という職務に手を出してしまったこと——それが、あなたの罪です」

「うるさい！ エリーゼなんかが生きてたせいで、わたしは、わたしは……！ お前なんか、真っ先に呪い殺し——」

「やってごらんなさい」

ぴしゃりと、義妹の言葉を遮ってみせた。

「もし仮にあなたが呪う力を持っていたとしても、あなたの呪いなんて、私がすぐに祓《はら》います。あなたの死が瘴気《しょうき》をもたらしてこの国を穢《けが》そうとしても、私が浄化してみせます」

私の言葉は、実際にはララに対してではなく国民を安心させるために発した言葉だった。体が震えるのを必死にこらえ、平静な声で言い切ってみせる。

執行人が抵抗するララを断頭台へ——、そのあとは父母と同じ結末だ。

ミリアレーナ王女殿下は、気を失って倒れてしまった——次期女王になる身とはいえまだ十四歳の彼女とって、あまりに残酷な光景だったのだ。気絶した王女が運び出された直後、最後の番であるアルヴィン殿下の罪状が読み上げられる。

アルヴィン殿下が危険な古代魔導具を復元させた罪などについては、やはり王命で伏せられることになっていた。だから彼の罪状は、『不適格者であるララを、個人的な感情により大聖女に祭り上げたこと』とされている。

「違う……僕はララなんて、少しも愛してなかった！　こんな不名誉なでっちあげで、僕を殺すつもりなのか！　ふざけるな!!」

アルヴィン殿下の姿は、驚くほどに痩せ衰えていた。きっと、王家の毒槍の影響なのだろう。

「僕は神の知識に手を伸ばしたんだ、それなのに——愚かな王が、事実を揉《も》み消そうとしている!!」

国王陛下を睨み付け、アルヴィン殿下は憎しみに満ちた言葉を吐き続けた。国王陛下は、表情もなく彼に視線を向けている。国王陛下から何の反応も引き出せないと分かると、アルヴィン殿下は、今度は大衆に向かって声を張り上げた。

「誰でもいい！　金をやるから、僕を助けろ!!　僕が消えれば、神の知識が永遠に失われることになるぞ!?　僕の知り得たことのすべてを教えてやる!!　だから助けろ、誰か、誰か！　おい!!」

「世迷言《よまいごと》も大概にせよ、アルヴィン。執行人、罪人の処刑を執行せよ。――さらばだ、我が息子」

国王陛下の命令のもと、アルヴィン殿下も最期のときを迎えたのだった。

処刑場に呼ばれていた、私を含む三名の聖女がすぐさま〝浄化〟の呪文を唱える。

死と憎しみは瘴気の発生につながるから、処刑の直後に浄化の魔法をかけるのが鉄則なのだ。穢れを祓って、斬首された彼らの死後の安寧を願うのが、処刑に立ち会う聖女《わたしたち》の役割である。

――どうか、安らかにお眠りください。

父母も妹も殿下も、罪深い人たちではあったけれど。彼らが絶命の直前まで苛《さいな》まれていた恐怖と絶望を思い量ると、胸の奥で痛みが疼《うず》く。

彼らの亡骸《なきがら》はすみやかに回収され、断頭台が執行人の手で片づけられた。儀式のように厳粛な手順を踏んで、死の臭いが払拭される。

やがて国王陛下は壇上から、広場の国民に向けて声を投じた。

「愚者の処分はこれにて幕引きだ！　臣民たちよ、これより重大な告知を行《おこ》なう」

国王陛下の声を受け、私とギルは一歩前へと進み出た。

「この両名は、大聖女内定者エリーゼ・クローヴィア並びにザクセンフォード辺境騎士団団長ギルベルト・レナウ。エリーゼは正規の大聖女内定者だが、王太子らの姦計《かんけい》により死の窮地に立たされていた。彼らの魔手からエリーゼを救ったのが、ギルベルト・レナウである」

人々は、好奇の目で私たちを見上げている。彼らの大半にとっては、私もギルも〝初めて見る顔〟のはずだ。大聖女内定者エリーゼと魔狼騎士ギルベルト・レナウは貴族社会では名が知られているが、情報網が限定的な平民階級にはほとんど認知されていない。

さらに続いた国王陛下の言葉に、広場は喧騒に包まれた。陛下の発言——それは、ギルが国王陛下の実弟であるということ。

ギルが王家の血を引く人間だということについては、すでに公的な確認を済ませている。〝アウラの血盃《けつはい》〟と呼ばれる魔導具を用いれば、王家の血筋であることを証明できるのだ。王家に赤子が生まれた際には、アウラの血盃を使用することになっている。ギルも先日、アウラの血盃による審査を受けた——アウラの血盃に満たされていた聖水は、ギルが血の一滴を垂らした瞬間にまばゆい光を発していた。それは、王家の血を引く証明だ。

「先王の意向によって、我が異母弟ギルベルトの存在は伏せられていた。しかし余は、ギルベルトの出自を公にすることと決めた。秘されていた王族の存在など、異例中の異例。事態が混乱を招きうることは、余も承知のうえである。ゆえに現時点では、ギルベルトには王族を名乗る権利を与えない。これまで通り、一介の騎士として扱う所存である。しかしいずれ、我が弟は王族を名乗るにふさわしい者となるだろう」

そして陛下は、然《しか》るべき準備期間ののちにギルの所属を辺境騎士団から国王直属の王国騎士団へと移すことを発表した。

広場の人々の様子はさまざまだ。伏せられていた王弟の存在を知ってただただ驚く人もいれば、うっとりとした表情でギルを見つめる人もいる。大衆だけでなく、官吏や貴族の面々も反応は十人十色だった。ギルに明らかな嫌悪の眼差しを向ける人もいたし、王位継承権二位となりうるギルを見定めようとして、前のめりになっている人もいた。

「ギルベルトが王国騎士団にて功績を立て、評議会で承認された際には晴れて王族へ迎えよう。そしてその暁には、余はギルベルトをエリーゼの夫とする意向である。大聖女内定者であるエリーゼは、ギルベルトとの婚姻をもって正規の大聖女へと就任させる」

そして国王陛下は、私たちを壇上の最前に立たせた。

「大聖女内定者エリーゼ・クローヴィア、ならびに騎士ギルベルト・レナウ。民の模範となる、正しき者であれ」

最敬礼で応えた私たちを、大衆の歓声が包み込んだ。もちろん全員が私たちを歓迎してくれた訳ではない。猜疑《さいぎ》心に満ちた様子で口をつぐみ、こちらを睨んでいる人もいる。大聖女ララの不祥事からの流れで、不信感を抱くのは当然だ。

だから、私たちはここから始める——私はギルと視線を交わして、胸の中で誓い合った。


ミリアレーナ王女殿下が目覚めたのは、処刑が終わった数時間後のことだった。宮廷内の一室で、ベッドに横たわっていた彼女は重たそうにまぶたを開けた。

「……ぅ。ここは……？」

「ミリアレーナ様は気を失われて、宮廷にお戻りになったのですよ」

私は、王女殿下が起きるまでずっとそばにいた。彼女の額に浮かぶ汗をそっと拭って、ねぎらうように微笑んで見せた。

「……エリーゼ、お姉様」

「おつらかったでしょう、ミリアレーナ様。彼らの最期を見届けようというご覚悟、大変ご立派でした」

王女殿下はまだ顔色が真っ青で、今にもまた倒れてしまいそうだった。同席していた女官は、王女の目覚めを国王陛下に伝えるために礼をしてから部屋を出ていった。

「……わたくしなんか、立派でも何でもありません。エリーゼお姉様の足元にも及びませんわ」

あの――、と、躊躇いがちに王女は問うた。

「兄上の最期は、どのような様子でしたか。臣民やわたくしたち家族に、何か言い残していましたでしょうか？ ……王族として、堂々たる終わり方だったのでしょうか」

どう答えるべきなのだろう。国王に恨みつらみを吐き出して、大衆に「金をやるから僕を助けろ」と喚き散らしたアルヴィン殿下の最期は、とても王族としてふさわしいものとは言えなかった。返答に迷って目を伏せると、王女は何かを察したようだった。

「……わたくし、最後まで兄上のことは、何ひとつ分からないままでした」

家族だったのに――とつぶやいてぽろぽろ涙を流す彼女は、ただの十四歳の少女だった。この幼い肩に次期女王という重圧が乗っているのだと思うと、私まで胸が苦しくなってくる。

「お兄様は常に如才なく振る舞って、いつでも淡く笑っていました。……でも、たぶんお兄様は、わたくしのことを嫌っていたと思います。わたくしがお話ししようと近づいても、いつもさりげなく避けられてしまうんです」

ミリアレーナ王女殿下の肩を、私はそっと抱き寄せていた。

「数年前に、兄上のほうから話しかけてくれたことがありました。『お前の顔は、亡くなった母上によく似てきたね』と言われたんです。とても嬉しかったのですが、……でも、兄上にとっては、褒め言葉ではなかったようです。そのとき兄上はとても冷たい、蔑むような目をして笑っていました。……兄上が何を思っているのか分からず、とても、怖かったです」

「ミリアレーナ様……」

嗚咽する彼女は、肩を震わせて悔しそうにしている。

「兄上が心の中で何を考えているのか、わたくしには分かりませんでした。もし、わたくしがもっと兄上を理解できていたら……兄上が道を踏み外す前に、手を差し伸べてあげられていたかもしれないのに」

そのとき、部屋の入口から静かな声が投じられた――国王陛下の声だ。

「ミリアレーナ、お前の責任ではない」

国王陛下がギルを伴って入室してきた。

「……父上」

「アルヴィンが堕ちるのを見抜けなかったのは、父である余が至らなかったためだ。お前に非はない」

「でも……！」

「余が至らなかったために、アルヴィンは道を踏み外した。だから、余は息子を殺した。お前が背負う咎などない」

陛下はミリアレーナ王女殿下のベッドの傍らへと移動し、彼女の手を取った。今の陛下のお顔は、処刑場で見せた怜悧《れいり》な表情とはまったく違う。痛みに耐える面持ちは、子を失くした父親の顔だった。

涙をこらえようとする王女殿下と、そんな王女殿下をきつく抱きしめる国王陛下。

私はふたりを見守りながら、部屋の隅にいたギルの隣に移動した。ギルとふたりで、そっと退室する。

廊下を静かに歩いていると、ギルが沈痛な声音で私にささやきかけてきた。

「――エリィ。君も、つらかっただろう」

私は即座に首を振った。陛下とミリアレーナ様の心痛を思えば、私の苦しみなど些《さ》細《さい》なものに違いない。

「いいえ。私は平気よ、ギル」

でも、ギルは納得してくれなかった。

「家族を亡くせば、誰でもつらい」

そうだろうか？　私を疎んで殺そうとした、クローヴィア家のあの人たちでも？

「……つらくないなら、なぜ君は今、泣いているんだ」

そう言って、ギルは私の目じりを拭った。ギルの指が、わずかに濡れている。

彼に言われるまで、私は自分が涙ぐんでいたことに気付かなかった。ギルにそっと抱き寄せられて、気の緩みとともに涙がぽろりとこぼれる。

国王として。王女として。次期大聖女として。それぞれが自分の役割を果たすために、人前では強い自分を演じる――でも、本当は皆、心の中では泣いているのかもしれない。

こうして、アルヴィン殿下とクローヴィア家の断罪劇は終幕を迎えた。それは残された私たちにとって、新たな人生の始まりでもあったのだ――。

❄　――――――　❄　――――――　❄

■閑話・1　王都の酒場にて

王太子らの処刑が執行されたその日。王都のとある酒場にて。

「おいおい、見たかよお前ら。あの王太子の惨めな泣きっ面！　あんな情けない野郎がこの国の王になるはずだったのかと思うと、俺はゾッとしちまうよ」

泥酔した中年男が、野太い声を張り上げている。同じテーブルで酒をあおっていた他の男たちも、うなずきながら同意していた。

「あぁ、まったくだぜ。オレも情けなくなったよ。真っ青な顔をして、『金をやるから誰か助けろ』とか喚いてたな。みっともねぇや！」

男たちの一人が、首を傾げてつぶやいた。

「けどよ、もし王太子を助けてたら、本当にたんまり金がもらえたのかな？」

「馬鹿だなぁ、お前。そんな訳ねぇだろ！　王太子ともども、お縄にかけられておしまいよ。そもそも、囚人が金なんか持ってる訳ねぇんだからよぉ」

そりゃそうだな！　と皆が大笑いしていると、テーブルのそばのカウンター席から、穏やかな声が投じられた。

「……ふふ。確かに金銭は期待できませんね。しかし、〝神の知識〟とやらはどうだったのでしょうか」

男たちは、声のほうを振り向いた。カウンター席から声を掛けてきたのは、二十歳そこそこといった様子の優男だ。学者風のローブを纏い、丸メガネの位置をクイッと直すと、自身のグラスを傾けてのんびりと酒を飲んでいる。喧騒にあふれた酒場のなかで、彼の風貌は場違いな印象だった。

「兄さん、ここらじゃ見ない顔だな。よそから来たのかい？」

「ええ。王太子殿下の処刑が執り行われると聞きまして。恥ずかしながら、野次馬根性で遠路はるばる王都まで参りました」

「へぇ。まぁ、王族の首切りなんざ、そうそう見られるもんでもねぇからな。王都の外から見物人が押し寄せて、どこの宿も満員御礼《おんれい》だっていうからなぁ」

男たちはとくに危機感もなく、自国の一大事だというのに他人事《ひとごと》のような口調である。王太子と大聖女の不祥事で国内の各所で混乱が生じていたが、王都では比較的平穏な暮らしが維持されているためだろう。

「兄さんも、こっちのテーブルでどうだい？」

「ありがとうございます。それでは、お言葉に甘えさせていただきましょう」

青年はにっこりと微笑んでカウンター席を立ち、男たちの輪に加わった。老人のようなゆったりした物腰と、意外と幼い中性的な面立ちがどこかちぐはぐな青年である。

「……それで。皆様は王太子殿下の最期のお言葉をどのように思われますか？」

うーん。と、男たちは首を傾げている。

「あぁ。そういや、神の知識が何とかかんとか、言ってたっけか？」

「どうせ口から出まかせだろ？」

「死ぬのが怖くて、気を引こうとしただけに決まってらぁ」

「こっちは字も読めねぇんだから、知識なんざ役にも立たねぇ」

にこにこと、うなずきながら青年は黙って彼らの話を聞いていた。小一時間ほど彼らとの世間話に混ざっていたが、やがてゆるりと立ち上がる。

「何だい兄さん、もう帰るのか」

「ええ。おかげさまで、楽しい時間を過ごさせていただきました」

丁寧な礼をして、青年は酒場を後にした。ふふ、と小さな笑みがこぼれる。

「神の知識……ですか。まったく愉快な王太子殿下でしたね。古ぼけたガラクタの作り方を掘り起こして、御大層に神の知識とは。ふふふ」

丸眼鏡の奥の瞳を皮肉げに細め、青年は溜息まじりにつぶやいた。

「処刑の前に余計なことを王太子に口走らせてしまったのは、失策としか思えません。王太子の言動が、国難の引き金となるのは間違いないでしょう」

王都のあちらこちらに、他国の諜報《ちょうほう》員と思しき者の姿が見える。このヴェルナーク王国の動向を見定めるためか、あるいは王太子の〝神の知識〟とやらを調査するためか——。

「まぁ、どちらでも私には関係ありませんがね。この国は面白そうだ……しばらく滞在してみましょうか」

鼻歌まじりで夜道を歩き、青年は自分の宿へ帰っていった。

■国内視察

　王太子らの死刑執行の直後から二か月間に渡って、私とギルはミリアレーナ様の国内視察に同行していた。魔獣被害の現状をつぶさに把握し、これまでの不祥事による国民の不信感を払拭することが、この視察の目的だ。次期王位継承者であるミリアレーナ様にとっては、人生初の国内視察。国内各地を訪問して、地方諸侯とのつながりを強める意図も大きい。

　私とギルがこの視察に同行した理由は、二つ。

　ひとつ目は、ミリアレーナ様を補佐すること。私は次期大聖女という立場から、そしてギルは護衛騎士の一人として、ミリアレーナ様をお守りする役目を与えられていた。

ふたつ目の理由は、各地に実際に出向いて詳細な魔獣予測を行なうこと。ザクセンフォード辺境騎士団の雑役婦として働いていたとき、私は辺境伯領内で発生しそうな魔獣を詳しく予測してレポートに書いたことがあった。それと同じことを、他の領でも行なうことにしたのだ。詳細な地理情報が分かれば具体的な対策を練れるし、遠く離れた王都にいるより現地に赴いたほうが得られる情報は多い。

とくに魔獣被害が増加していた国内東部のアラントザルド伯爵領、南東部のスルヴァ男爵領、南部のカラナダ伯爵領については、滞在期間を長めにしてもらった。おかげで、手厚い予測レポートを作成することができた。

各地の領主や地方教会の聖職者たちは、食い入るようにしてレポートを熟読していた。あとはレポートを参考にして、実際の魔獣対策に役立ててもらうだけだ。

視察開始から約二か月が経ち、ようやく各地を巡り終えた私たちは王都に戻る道中にあった。

「……あぁ、エリーゼお姉様。……わたくし、王位継承権を放棄してもよろしいでしょうか」

王家の四人乗り馬車の中。ミリアレーナ様は疲れ切った様子で、くてんと私に身を預けてきた。

「えっ。何をおっしゃっているのですか、ミリアレーナ様!?」

これまで一言も弱音を吐かずに、始終堂々とした様子で各地の諸侯と対面していたのに。いきなりミリアレーナ様が塩揉《しおも》み野菜みたいにぐったりしてしまったので、私は戸惑ってしまった。

「もう無理ですすごく疲れましたボロボロになった村を見ていたら申し訳なくて泣きそうでしたわたくしなんかじゃ絶対女王になれないと思います早く帰りたい……あぁぁ」

ミリアレーナ様はたぶん、これまでずっと気が張っていたのだろう。やっと宮廷に戻れると思ったら、気が緩んで本音が噴き出してしまったのかもしれない。

馬車に同席している王女付きの侍女ふたりは、馴《な》れた様子で彼女を励ましている。

「あらあら、また王女様の弱気グセが始まってしまいましたね。宮廷に着いたら甘いお菓子をご用意しますから、がんばってくださいまし」

「エリーゼ様。ミリアレーナ王女殿下はひとしきり吐き出し切ったら自然と元気になりますので、心配いりませんわ」

「……そうなのですか」

私は苦笑しながら、ミリアレーナ様の背をさすっていた。二か月ずっと一緒にいたおかげか、前にも増して彼女への親しみを感じている。甘えん坊の妹ができたみたいで、嬉しかった。

よく考えたら、王太子の婚約者ではなくなった数か月前の時点で、私たちが義理の姉妹になる可能性は消滅したのだけれど。それでも未《いま》だに、彼女は私を「エリーゼお姉様」と呼んでくれている。

「わたくし、二か月もの長旅をするのは生まれて初めてでした。きちんと王女っぽく振る舞えていましたか、お姉様?」

「はい。ご立派でしたよ。〝王女っぽく〟ではなく、どこからどう見ても堂々とした王女様です。対談した諸侯らも私と同じように思っていたのではないでしょうか。国王陛下もご安心なさると思います」

と言ったら、彼女は花咲くように笑った。

「本当にお疲れ様でした、ミリアレーナ様。この視察が済んだら、しばらくはゆとりができそうですね」

「ええ。王都に戻ったら、わたくし、お姉様としたいことがたくさんあるんです!」

目を輝かせ、ミリアレーナ様は私にぎゅっとしがみついてきた。

「私と?」

「はい！　わたくし、前からお姉様とゆっくりお話ししてみたかったんです。これまで、一緒にお茶の席を設けたこともありませんでしたでしょう？」

そういえば。王太子の婚約者だった頃も含めて、彼女とのんびりお話をしたことは今まで一度もなかった。

「王都に戻ったら、ぜひお茶会をいたしましょう！　レナウ卿《きょう》もご一緒に」

「ギルベルト様も？」

「ええ。わたくし、並び立つおふたりの姿をじっくり見たいです……きっと絵画みたいに美しいですわ」

ミリアレーナ様はアクアマリンの目をきらきらさせて、恋物語を読みふける少女のような顔をしている。

「お姉様、前よりすごくすてきになりましたもの。髪も短くされて、とてもお綺麗です」

髪……。思わず、自分の髪に手を触れていた。ザクセンフォード辺境騎士団で雑役婦として働いていた頃は、肩に届かないくらいの短さに切っていたけれど。

騎士団にいた頃よりは伸びたものの、確かに昔に比べればまだまだ短い。

「お姉様がお変わりになったのは、やっぱりレナウ卿の影響ですか？」

「へ⁉」

唐突にギルの話題を振られて、私は目を白黒させた。

「これまでの視察中は、公務なのでおしゃべりは控えていたんです。でももうすぐ帰還ですし、そろそろ問題ありませんよね？　わたくし、ずっとお話ししたくて、うずうずしてたんです！」

侍女たちにとっても関心のある話題らしく、彼女たちは目を爛々と輝かせてうなずいていた。

「レナウ卿……いえ、叔父上も、ご様子が変わりましたわ。お優しい雰囲気になられたというか、目つきが違うというか、前にも増してモテそうというか。愛する女性がいると、あんなにも変わるものなんですのね……。愛されるって、どんな感じですか？」

王女と侍女たちの熱視線を浴び続けていたら、気恥ずかしくて顔が熱くなってきた。

「お姉様！　おふたりの馴れ初《そ》め、教えてくださいませ！」

「いえ、あの。そ、そんな、別に大したことではなくて……」

大したことではなかった……という訳では、ないと思う。一触即発で魔狼に喰い殺されるところだった。でも、それは内緒にしておきたい。

「……詳細は秘密です」

私は笑って、お茶を濁した。つらかったことも嬉しかったことも、彼との思い出は全部宝物だ。そっとしまって、ふたりだけの秘密にしておきたいような気がした。

私は、窓の外を見た。護衛騎士の隊列にギルの後ろ姿を見付けた瞬間、胸の奥が温かくなる。

騎士団でのギルとの思い出を振り返るうち、ザクセンフォード辺境騎士団で過ごした日々がとても懐かしくなってきた。突然に去ることになってしまってから、すでに三か月以上経過している。

騎士団の皆さんは今、どうしているのだろう。アンナは、元気にしているかしら。彼女のことだから、きっと今も自分を責めているに違いない。そう思った瞬間に、胸が痛んだ。――アンナや皆さんに、もう一度会いたい。私は元気だと、ありがとうと伝えたい。

寂しい気持ちがこみあげてきて、私は青空をじっと見上げた。ひとつにつながった空の下で、遠く離れたザクセンフォード辺境伯領で、暮らしている皆さんの姿を胸に描いた。

❄ ―――― ❄ ―――― ❄

■閑話・2　ザクセンフォード辺境騎士団、寄宿所にて

話は、およそ三か月前にさかのぼる。エリィがクローヴィア家によって攫われ、そして、救出されて宮廷で目覚めたあとのことである。

ギルベルトが宮廷から出した書簡が、騎士団本部に届いた。書簡に綴《つづ》られていた内容は大きく二つ――エリィが無事だという知らせと、アンナの謹慎を解くようにという指示だった。

アンナがひとりでこもっていた部屋のドアを、誰かがノックした。

「…………どうぞ」

アンナはかすれた小さな声で、ドアに向かって呼びかける。入ってきたのは、母親

のドーラだった。

「……お母さん」

娘を気遣う優しい声で、ドーラは問いかけてきた。

「アンナ。今日も丸一日、部屋から出ない気かい？　『引きこもってろ』なんて、誰からも命じられてないのに。ひとりぼっちでふさぎ込んでいたら、心を病んじまうよ？」

ドーラにとって、アンナはかけがえのない我が子だ。夫を魔狼に喰い殺されたときも、騎士団の雑役婦として働き始めたときも、常にアンナはドーラを支えた。ドーラが、幼いミアとルイを育てながら今日まで元気にやってこれたのは、アンナがいればこそだった。

弟のルイを人質に取られて、拉致に加担させられたアンナの心情を思うと、ドーラはやりきれない。

誰がアンナを責めたとしても、自分だけは絶対にアンナの味方だ――ドーラはそう心に決めていた。幸い、アンナを非難する者は誰一人いなかったが。

「お母さん、私のことは放っておいて。私はここにいる……ううん、本当は牢屋《ろうや》に入りたい」

アンナは責めるような口調で訴えた。

「私は悪いことしたんだよ？　ちゃんと牢屋に入れてって、頼んだのに……どうして誰も私の言うこと聞いてくれないの？　ちゃんと罰を受けなきゃ、駄目でしょ？　私が馬鹿なことをしたせいで、……エリィさんが、」

「エリィは無事だよ」

ドーラの声を聞いて、アンナは目を見張った。

「さっきレナウ団長から連絡が来たよ。エリィは無事だって。団長たちが悪人からエリィを取り返して、今はエリィも元気にしてるって」

「！　本当に……？」

アンナの瞳に涙が浮かぶ。しかし、母親の話を聞くうちに、再び表情が硬くなった。

「アンナ。あんたの処遇についても、団長からの手紙に書いてあった」

「…………はい」

目を固く閉じて、アンナは深くうつむいた。たとえエリィが無事だったとしても、エリィを攫った罪は消えない……だから自分は、どんな罰でも受けなければならない。

だが、母親の話は予想外の内容だった。

「あんたの、自室謹慎を禁止するってさ。ちゃんと外に出て、今まで通り普通に暮らせってある。団長命令なんだから、従いな」

「え？」

「エリィの事件に関しては、あんたに一切の責任はないってさ。良かったね」

「そんなはずがないでしょ……？」

「いいや。レナウ団長からのご指示だよ」

「そんなの、おかしいよ！　……私は、ひどいことしたでしょう？　エリィさんを騙して、あいつらのところに連れていったんだよ⁉」

ドーラは首を振りながら、嚙みしめるようにこう告げた。

「エリィが、あんたを自由にして欲しいって言ったんだってさ」

「…………エリィさんが？」

──あんなに、ひどいことをしたのに。どうしてエリィさんは、私を許してくれるんだろう？

アンナはその場にうずくまり、ごめんなさい、ごめんなさい、と泣きながら謝り続けていた。

やがてアンナが落ち着くと、ドーラは話を続けた。

「エリィは、本物の大聖女になるんだってさ。国王陛下が、そう決めたんだって。だから……もう会えないかもしれないね」

アンナの顔が、くしゃっと歪む。

「……もう、会えないの？」

「どうだろうね。あたしには分からないよ」

謝らなきゃ……私。ちゃんと、謝らなきゃいけないのに。

泣きじゃくるアンナのことを、ドーラは抱きしめて背を撫で続けた。

❄ ──────────── ❄ ──────────── ❄

■これからの生活

国内視察の全行程を無事に終え、私たちは王都へと戻った。帰還した私が宮廷の次に向かったのが、中央教会だ。国王陛下がお取り次ぎをしてくださって、大司教様とふたりでお話しする機会を得た。

大司教様はララの処刑の前後から、体調を崩して療養生活に入っていた。ここ二か月ほどは政務を離れて教会内部の居室で寝込んでいるという。

居室を訪ねると、ベッドに横たわっていた大司教様は起き上がって礼をしてくださった。

「エリーゼ様。二か月に渡るご視察、お疲れ様でございました」

「どうか頭をお上げください、大司教様……。お体に障りますから、楽になさってください」

私はまだ大聖女ではなく内定者に過ぎないというのに、大司教様は最大限の敬意を示してくださっている。頭を下げるべきなのは私のほうだというのに。

痛々しいほど、大司教様は痩せ衰えていた。御年八十一歳になられる大司教様だけれど、数か月前まではもっとお元気だったはずだ。大聖女ララの件で、心労が重なったのかもしれない。

「エリーゼ様、もし可能でしたらあなたの回復魔法を私にかけていただけますかな」

「……回復魔法を？　ええ、もちろん喜んで」

私は、大司教様に近寄った。身を横たえた大司教様に向かって、一礼ののち〝癒せ《curie》〟と唱えた。回復魔法の白い光が、大司教様に降り注ぐ。

——でも、どうして回復魔法を？

回復魔法は心労や老衰に対しては、ほとんど効かないものなのだけれど……。聖女や聖職者にとってそれは常識であり、もちろん大司教様だって熟知しているはずだ。回復魔法というのは、相手の肉体に潜む回復力を高めて怪我や病気の治癒を促すもの。だから、寿命を引き延ばしたり、精神的な不調を取り除いたりすることはできない。四肢の欠損などにも無効だ。

それにもかかわらず、大司教様は私に「回復魔法を」と望んだ。静かに目を閉じて、降り注ぐ光の粒のひとつひとつに意識を集中させているかのようだった。

やがて大司教様はまぶたを開き、どこか安心したような表情を浮かべた。

「エリーゼ様の健やかなご様子を拝見して、心が洗われました。あなたが大聖女となられることは、この国にとって救いです。これまでのあなたへの数々の非礼、何卒《なにとぞ》お許しください」

「非礼、ですか？」

先代の大聖女が亡くなって以来数年間、私は就任前であるにもかかわらず、ひそかに神託の代行をしていた。代わりを務められる人が、他にいなかったから。そして、私だけが高い精度で魔力素を感じ取れていたから。どうやら、大司教様はそのことを心苦しく思っていたらしい。

「私はエリーゼ様にご教示いただいた神託を、私自身が為したものとして公表してきました。貴女様の功績であるにもかかわらず、私が横から奪っていた——これは、許されることではありません」

　私は首を振った。

「とんでもないことです。私が大司教様に、そのようにお願いしたのですから。大聖女に就任していない私が下した神託など、誰が信じるでしょうか？　大司教様のお名前でご公表いただけていたからこそ、大聖女不在の期間中も混乱せずに済んだのです」

　それでも大司教様は、謝罪の姿勢を崩さなかった。

「いいえ。エリーゼ様は特別なお方です……就任前であろうとなかろうと、貴女の希少性を国全体に周知させるべきでした。私がいたずらにあなたを隠していたせいで、ララ・クローヴィアのような輩が大聖女の座を穢すことになってしまった……」

　懺悔《ざんげ》をするように、大司教様は言葉を絞り出していた。

「これは、世辞ではありませぬ。エリーゼ様は本当に、特別な方に違いありません。過去の事例をたどっても、内定者の時点でこれほど視《み》えていた方はいませんでした。

貴女様が覚醒されて大聖女となられたら、どれほど強大な力を得るのか……私にもまるで予測がつきません」

「……覚醒？」

大聖女の覚醒……耳慣れない言葉だった。

「お伝えしなければならないことがあります――」

大司教様は真剣な面持ちで、私を見つめた。

「大聖女への就任とは、一般的な聖職者への叙階とは根本的に異なるものです。内定者が大聖女に就任するには、王族との肉体的な交わりが必要となります。血の交わりをもって、聖痕持ちの女性は覚醒して大聖女となるのです」

――交わりを。と聞いた途端に羞恥心がこみあげ、顔が熱くなってしまった。でも、今は恥じらう場面ではない。平静な気持ちで、大司教様のお話を聞かなければならない。

王族との婚姻が必要な理由については、国王陛下からも前に聞かされていた。ギルとの婚約を認めていただいたときのことだ。女神アウラの代行者となる聖痕持ちの女性は、女神アウラの血を継ぐ王族に妻として迎えられなければ、真の能力を得ることができないのだ――と、陛下はおっしゃっていた。

大聖女内定者がなぜ王族に嫁ぐのか、かつての私は理由を深く考えたこともなかった。法律でそう定められているし、王太子の妻になるよう幼少時から決まっていたから。でも単なるルールではなく、そこには〝覚醒〟という事情があったらしい。

「王族と交わりを為すと、聖痕を持つ女性には女神アウラの声が直接響くようになる――と、言われております。私は先代・先々代の過去二代に渡って大聖女様のおそば近くにおりましたが、いずれの大聖女様も王族との交わりによって〝視る〟能力が格段に向上し、神託の精度が増していました」

エリーゼ様も大聖女となられた暁には、さらなる能力の発現が見られることでしょう。と、大司教様は私に言った。

「エリーゼ様が魔力素を視るお力は、すでに覚醒後の域にあります。そんなあなたが真の大聖女となられたら、どれほどすばらしいことでしょう。あなたが稀代《きたい》の大聖女として国を導くその日が、私は楽しみでなりません」

だから私は、まだまだ天に還る訳にはいかないのですよ――と、皺《しわ》の深く刻み込まれたお顔を綻ばせて大司教様は笑った。

大司教様との謁見ののち、私はどこか虚ろな気持ちで聖堂を後にした。

――私が、稀代の大聖女となる？　ギルとの、契りによって。

大司教様にそう言われても、あまり実感が湧かなかった。真の大聖女となったら、私の何かが変わってしまうのだろうか。そう思うと、少し怖い。

でも。……きっと、大丈夫。

教会の門の外。馬の手綱を持って立つ彼の姿を見て、私の心は温かくなった。

「ギル！」

私が謁見を済ませるまで、ずっと待っていてくれたのだ。彼は微笑みを浮かべて、私に手を差し伸べてくれた。

「エリィ。行こう」

「はい！」

彼の腕に身を預け、馬に乗せてもらう。後ろから騎乗したギルは、ゆっくりと馬を進めた。

「大司教猊下《げいか》との話は済んだのか」

ええ、と答えながら、私は彼の腕にそっと掴まった。太くたくましい腕に、背中に感じる温《ぬく》もりに、言い知れない安堵感が私を満たしていく。

――ギルと一緒なら、私はきっと大丈夫。

私は少し重心を後ろに傾け、ギルの胸に身を寄せた。ギルは静かに微笑んで、私を包み込んでくれていた。

＊＊＊

中央教会からエリーゼが去ったのち、大司教の居室に新たな客が訪ねてきた。この国の王、アルベリク・エルクト・イスカ＝ヴェルナークである。

病床に伏していた大司教は身を起こして居ずまいを正そうとしたが、国王は「楽になさると良い」と言ってとどめた。

たびたびの来客に、大司教は少し疲労を感じていた。だが疲労の色を隠して、落ち着いた声音で告げる。

「先ほど、エリーゼ様がこちらにお見えになりました」

「うむ」

ベッドの脇に腰を下ろし、国王は大司教に尋ねる。

「猊下の目から見て、エリーゼに異常はないか？」

「ええ。回復魔法を掛けていただきましたが、魔力にはわずかの乱れもありません。

エリーゼ様のご様子は健やかそのもので、呪いの影のようなものは感じられませんでした」

「そうか」

と、低い声音で応えた国王に、やや暗い表情で大司教は付け加えた。

「ですが、まだ安心はできません。エリーゼ様が古代魔導具の魔力を受けたのであれば……なんらかの異常が、のちのち現れる可能性もあります」

「猊下の言うとおりだ。……アルヴィンめ、とんでもないことを仕出かしてくれた」

アルヴィンは、復元させた〝簒奪の紅刃〟を使ってエリーゼの聖痕を奪った。最終的にはエリーゼに聖痕を返すことに成功したのだが――。

「古代魔導具は強力な作用を発する反面、呪わしい効果を伴うことが知られている。だが〝簒奪の紅刃〟にどのような効果が付随するのか、王家の年代記には書き残されていなかった」

「私も教会史をたどりましたが、記述はありませんでした。そもそも、禁忌とされる古代魔導具のこととなると、情報がほとんど存在しません」

ふたりは、深刻な顔で押し黙った。

いくばくかの沈黙を挟み、先に声を発したのは国王だった。

「今はまだ、なにも分からない——という結論に尽きる。引き続き、慎重に見守るとしよう」

「仰せのままに」

気付いたことがあればすぐに知らせてくれ、と言うと国王は立ち上がった。

「エリーゼは我が国を支え導く大聖女となる者。我が国の宝だ。大切に守らなければならない」

＊＊＊

馬に乗って向かった先は、私が今日から暮らすことになるお屋敷だった。

「……でも、ギル。ユージーン閣下のタウンハウスに住まわせていただくなんて、本当にいいのかしら。いつまでもご迷惑ばかりかけてしまうのも……」

ユージーン・ザクセンフォード辺境伯閣下のご厚意で、私は王都にあるザクセンフォード家のタウンハウスに滞在させてもらうことになった。実家だったクローヴィア家が断絶した今、私に〝帰る家〟はない。……宮廷に住まわせていただくという選択肢もあったのだけれど、辺境伯領でのご縁から引き続いてユージーン閣下が私の身元引受人になってくださったのだ。

「問題ない、閣下自らのご提案だ。『窮屈な宮廷でお偉い連中の顔色を窺《うかが》いながら暮らすより、貴族街で暮らすほうが少しは気楽だろう』と手紙には書いてあった。……まあ、本音を言えば俺も、君にはザクセンフォード家の屋敷で暮らしてもらうほうが助かる。宮廷内では、気兼ねなく君に会いに行くのも難しいからな」

ギルは今日から、王国騎士団の寄宿所で暮らすことになる。正式に王国騎士団の騎士として働くのはザクセンフォード辺境騎士団団長の職を辞したあとになるけれど、生活の場だけはあらかじめ王国騎士団へと移すことになっていた。

「……これからは、ギルとはあまり会えないの？」

「そんなことはない。足しげく、君に会いに行く」

ギルがはっきりと言ってくれたから、寂しさが少し和らいだ。

「大丈夫だ、エリィ。それに、閣下の屋敷は君にとっても、きっと居心地のいい場所になる。俺も騎士になりたての頃は、あの屋敷で生活していたんだ。誰も彼もが温かく、懐かしい場所だ」

ギルの声は、なんだかとても嬉しそうだった。

ザクセンフォード辺境伯のタウンハウスは、貴族街の一等地にあった。広大な敷地《しきち》と、宮廷と見紛《みまが》うばかりの白亜の邸宅。こんなすてきな場所に住まわせていただけるなんて、ユージーン閣下には本当に感謝しかない。

馬から降りて門をくぐるや、執事服を着た三十代半ばの男性が颯爽《さっそう》と現れて出迎えてくれた。けれど――。

「レナウ卿、エリーゼ嬢。お待ち申し上げておりました」

恭しく礼をするその男性を凝視して、私はぽかんと口を開けてしまった。ギルは呆《あき》れたような生ぬるい表情をしていたけれど、口元が緩んでいる。

「……ユージーン閣下。そんな恰好《かっこう》をして、一体何をしておられるのですか」

「ん？　何をって、お前らの出迎えだよ。決まってるじゃん」

出迎えてきた男性は、ユージーン・ザクセンフォード辺境伯ご本人だったのだ。

……この展開には、ものすごく既視感がある。

「お前ら、反応薄いなぁ。オレの鉄板ネタなんだから、もうちょっと良いリアクションが欲しいんだけど。せっかくはるばる王都に出向いて、オレがじきじきにお迎えしてやったのにさ」

あーあ。と、残念そうに溜息をついてから、ユージーン閣下はいたずらっぽい笑みを浮かべた。

「お前ら生きててホントよかったね。国王公認で婚約できたんだって？　おめでとさん」

それだけ言うと閣下はくるりと背を向けて、屋敷に向かって歩き出す。さっさと付いてきな、と気安い口調で言いながら、後ろ手に手招きをしていた。

「まぁ、結果一番おさまりのいい形で落ち着いて、良かったんじゃねぇの？　エリィちゃんが大聖女になるのも、王弟殿下《ギル》が王都に戻るのも、本来あるべき形だった訳で」

屋敷の長い廊下を歩きながら、閣下は話し続けていた。何人もの使用人が廊下の両脇に並び立ち、深く首を垂れている。

応接室に通されて、閣下が手ずから淹《い》れてくださった紅茶をいただく。ギルは閣下に問いかけた。

「閣下、騎士団の者たちは変わりありませんか。副団長からの書簡では、概《おおむ》ね問題なしと報告を受けていますが」

「あぁ。おそろしく見事に回ってるよ。普通は、組織の長がいきなり消えたら大パニックになるもんだけどな。若干ゴタついてたのは最初の数日だけ、今じゃ平常運転だ。副団長のダグラス・キンブリーが、本当によくやっている」

閣下の言葉を聞いて、ギルは安心したようだった。しかし、閣下はじろっとした目でギルを睨み付けていた。

「……ギル。お前のことだから、どうせ『いつ団長《じぶん》が死んでも騎士団に一切の支障を出さないように』とか考えながら、あいつらを教育してきたんだろう」

――いつ死んでも支障が出ないように？　そんな恐ろしい言葉を聞いて、私は息を呑む。ギルは表情を消して黙していた――その沈黙は、肯定なのだと私にも分かった。

「そういう思考ってさ、組織としては助かるけど、身内を泣かすことになるぞ。今後はそこそこにしとけ。所帯持つ気なら、なおさらだ。結婚したら嫁は泣かすな」

「……心得ました」

それから、閣下はにたりと笑った。

「裏を返せば、結婚するまでは自由で結構。遊ぶなら今のうちだぜ？　娼館《しょうかん》巡りもやりたい放題！　オレが連れてってやろうか、ガキの頃は毎日一緒に通ったよなあ？」

会話が突拍子もない方向に飛んでいったので、私は目を白黒させてしまう。

「閣下！」

魔獣もかくや、という形相でギルが怒鳴るが、閣下はヘラヘラ笑っていた。

「……エリィ。閣下の妄言だ。信じないでほしい」

「は、はい」

閣下はギルの射殺すような視線をさらりと受け流しながら、ふとまじめな表情に戻って私を見つめた。

「まぁ、冗談はさておき。騎士団の連中はしっかり働いてるし、あんまり顔にも出さないが、精神的にはかなり参ってるはずだ。ギルとエリィちゃんが、いきなり消えちまったからな。……とくにエリィちゃんのことは、皆が心配してた。あんな別れ方じゃあ、当然だ」

少し表情を曇らせて、ユージーン閣下は私を気遣うような眼差しを向けてきた。

寂しいのは、私も一緒だ。予想外の形で攫われてしまい、辺境騎士団の皆さんと離れ離れになってしまった。もう、会えないのだろうか……。

「会えるさ。エリィちゃんが望めばすぐにでも」

「え？」

「陛下に話付けて、一回戻ってきな。皆喜ぶから」

思いがけず、閣下に心の中を見透かされてしまった。

「閣下は、人の心を読むのがお上手なんですね」

「いや、君の顔が分かりやすいんだって！　ギルだって今、分かっただろ？」

「ええ。エリィは分かりやすい」

「そうでしょうか……」

和やかな雰囲気の中、私たちは笑っていた――そのとき。

「……ひっ⁉　きゃぁぁあああ‼」

という若い女性の悲鳴が、唐突にドアの方から響いた。

次の瞬間ズカズカズカズカ！　という勇ましいヒールの音を響かせながら、女性が閣下に殴りかかってきた。

「この浮気者‼」

平手でユージーン閣下を張り倒し、胸ぐらを掴んで「性懲りもなくまた女を連れ込んで‼」などと喚き立てている、燃え盛る炎のような赤髪の女性。この人は一体、何者なのだろう……。

「お、落ち着、落ち着け、フレイヤ、苦し……」

「閣下の浮気の虫が落ち着いたと思いこんでた私が間違いでした！　今度あなたが毒殺されそうになっても、私はもう二度と助けてあげませんからね⁉」

女性は二十代の半ばほど。エメラルドのような切れ長の目が、深い知性を感じさせる――けれど、今は殺人鬼のような形相になっていた。一方のユージーン閣下は、襟首を絞め上げられて今にも窒息死しそうな顔色だ。

私はすっかり気が動転していたけれど、隣に座るギルは平静そのものだ。目の前の争いに動じることもなく、ゆったりと紅茶を味わっている。

「ギル、閣下を助けてあげたほうが……。死んじゃいそうですけど」

「問題ない。日常茶飯事だ」

日常茶飯事って？　と問い返す前に、閣下たちの言い合いが耳に入った。

「違っ、フレイ……、オレはもう、全然、遊んでな……かはっ」

「信じませんよ、恋人が六人もいた人の戯言《たわごと》なんて！　何でこんな人と結婚しちゃったのかしら！」

閣下は全身の力を振り絞って女性の腕を振りほどき、ゴホゴホと激しくむせた。

「オレの女じゃないってば！　……ほら、こいつの！　ギルの!!」

「え？」

閣下の指が示す先を見て、女性はきょとんとした表情になっている。

「あら。レナウさん。来てたの？」

「久しぶりです、フレイヤ夫人。変わりなさそうで」

紅茶を飲み続けているギルは、いつになくリラックスしているように見える。思えば、ザクセンフォード家のお屋敷に着いてからずっと、かなりくつろいでいる様子だ。こんなに気楽そうなギルを見るのは、初めてかもしれない。

「えっ？　こっちのご令嬢は、閣下じゃなくてレナウさんの……？」

「俺の婚約者です」

「あらまぁ」

エメラルドの目が大きく見開かれ、勝気な美貌から憤怒の色が抜け落ちた。興味津々といった様子で、彼女は私をじぃーっと見ている。

「あらあらあら。レナウさんが婚約！　それはおめでとう」

相変わらず咳き込んでいたユージーン閣下が、恨めしそうな口調で言った。

「フレイヤ。お前、オレの手紙読んでねぇだろ？　オレはちゃんと伝えてたからな……ギルと、嫁さんになるエリィちゃんを客人として迎えるって」

「読んでませんよ、手紙なんて。先週から患者の容体が悪くて、ずっと病院に出ずっぱりだったんですから。ようやく家に帰れたと思ったら閣下が来ていて、しかも女性を連れ込んでたんですよ？　殴り殺したくなるでしょ」

「ならねぇよ。お前の頭、大丈夫か」

「閣下に言われたくないですね」

永遠に言い合いが続きそうなふたりを目の前にして、私は目が点になっていた。ギルが、空になった紅茶のカップをテーブルに置きながら説明してくれた。

「エリィ。こちらはユージーン閣下の奥方、フレイヤ夫人だ。王立の慈善病院に勤める医師でもある」

閣下が既婚者なのは知っていたけれど、辺境伯領でもかつての社交場でも奥様にお会いしたことはなかった。そういえば、奥様は医家の名門・ルティア伯爵家のご出身で、ご本人も医師をしておられるとか。社交場にはまったく興味がなくて、最低限しか顔を出さないのだという話も聞いたことがある。……それにしても、とても気が強そうな美人だ。閣下よりかなり年下で、ギルと同じくらいの年齢に見える。

フレイヤ夫人はこちらに顔を向けると、さっぱりとした笑顔を浮かべた。

「初めまして、エリィさん。この屋敷の女主人、フレイヤです。早々にお見苦しいところを見せてお恥ずかしいですけど、自分の家だと思ってゆっくりしてくださいね」

「ありがとうございます」

私が礼を返している途中で、閣下が再び夫人に話しかけてきた。

「てゆーかさ。お前はなんで王都に住んでるのに、エリィちゃんのこと知らねぇんだ？　最近有名人だぞ？　次期大聖女だっていう、国王陛下のお触れくらい知ってるだろ」

「あら。私、興味のないことは記憶にとどまらないので」

「お前って自由だね」

「お互い様ですね」

とても気の合いそうな夫婦だ。

言葉のやりとりがハイスピードで目まぐるしい。閣下はおもむろに腕を開くと、夫人の腰を抱き寄せた。夫人は、まんざらでもなさそうな顔をしている。

「フレイヤぁ。オレ、別居寂しいんだけど。お前もそろそろ田舎に引っ込もうぜ。領地で病院開けばいいじゃん、患者も皆、領地に移動させてさ」

「私の患者は王都から出られない人ばかりですから、無理ですね。それに、結婚しても仕事は続けていいって言ってくれたじゃありませんか、閣下」

そりゃ言ったけどさぁ。と、うなだれながら閣下はボヤいた。

「オレだって男なんだよ。王都に来たときしか嫁に会えないって、すごい拷問だと思わない？　身に滾《たぎ》る情熱を、オレはどうやって始末したらいいいんだろう？」

「……」

柳眉をひそめて、フレイヤ夫人は不意にギルに問いかけた。

「……レナウさん、この人、本当に浮気してません？」

ギルは大まじめな顔でうなずいていた。

「ええ。俺の見る限り、閣下の女性関係は潔白です」

それを聞いて、閣下と夫人は同時に胸を撫でおろしていた。でも、ギルは余計な一言を足した。

「……しかしながら、俺の目の届かないところで閣下がどこの婦女と、どのように遊んでおられるかまでは存じ上げません」

「ギルてめぇ、意味ありげなこと言うんじゃねぇよ！」

「ほら閣下！　やっぱり遊んでるんじゃないですか⁉」

……ギル、もしかして閣下に仕返ししている？　大騒ぎして揉《も》めている辺境伯夫妻を見て、ギルはにやっと口元を吊り上げていた。彼のこんな表情を見るのは初めてだ。

辺境伯夫妻のお屋敷は、賑《にぎ》やかでとても居心地が良い。辺境騎士団で過ごした日々と似た安心感がここにはある。何より、ギルが楽しそうだ。これまで見たことのなかった彼の表情を見るたびに、私の胸は高鳴っていた。

でも、同時に小さな不安が芽生えた。
もしかして私は、ギルの幸せを奪おうとしているのではないか——と。

第4章　あなたの隣に、居ていいの？

——ギルは、私の婚約者になってくれた。

愛している、と。俺の妻になってほしいと、まっすぐな目で言ってくれた。

——あなたのおかげで、私はとても幸せになれた。でも、私はあなたの幸せを奪おうとしているのではないか……そう思うと、怖くてたまらなくなる。

ミリアレーナ王女殿下の国内視察に同行したとき。あるいは、宮廷で見かけたさりげない一場面。騎士や官吏がギルに対して、侮蔑的な視線を送っているのを見た。

〝奴隷の子〟、〝忌まわしい異民族〟——そんな陰口も、耳にした。国王陛下の弟であるギルに対して、面と向かって悪意ある態度を取ってくる人はあまりいない。でも、やっぱりギルを異物扱いして、疎んじる人は少なからずいるようだ。

——ザクセンフォード辺境騎士団の皆さんは、こんなひどい態度は絶対に取らなかった。ギルにとって、皆さんは家族みたいなものだったのだと思う。そんな大切な家族から、私がギルを引き離してしまった。

ギルはきっと、辺境騎士団の団長で居続けたかったはずだ。なのに、私の婚約者になったせいで、団長の職を辞して王都で暮らさなければならない。

私は、大切な人を不幸にしようとしているのではないか——。そう思うと、息ができない。

＊

ザクセンフォード家のお屋敷で。二階のバルコニーから、私はひとりで夜空を見上げていた。ギルは私を届けた後、閣下と少しお話をしてから宮廷に戻っていった。

ひとりぼっちで見る星空は、なんだか寂しい。

私は、ドレスの隠しから白い包みを取り出した——ギルからもらった銀鎖のネックレスと、預かったままの形見の指輪が入っている。どちらも無惨に壊れたままで、これまで修理を頼むゆとりもなかった。包みを開いて見つめていたら、涙がこぼれそうになってくる。

ギルの想いの詰まった大事なものを、私は壊してしまった。そして今度は、ギル自身の居場所さえ壊そうとしているのではないか。

彼の瞳の色をした〝灯り星〟が、南西の空にぽつんと瞬いている。届きはしない灯り星に、無意味に手を伸ばそうとする。

「ギル……」

無意味に、名をつぶやいてみる。

そのとき。

「夜風は意外と冷えますよ？　ガウン、要りますか」

と、ガウンを持ったフレイヤ夫人が後ろから声を掛けてきた。

「フレイヤ夫人。ありがとうございます」

「フレイヤでいいですよ。長い付き合いになると思うし、気楽に行きましょ。お隣、よろしいかしら？」

そう言うと、彼女はバルコニーの柵に寄りかかって星を見上げた。

「……あなた、すっごく悩んでる顔してる」

「え？」

彼女のほうに振り向いたが、視線は合わなかった。彼女は星空を見上げている。

「エリィさんのこと、閣下とレナウさんから少し聞きました。ずいぶん複雑な星の下に生まれたのね。悩まなかったら、むしろおかしいくらいだと思う」

私ってホントお節介なのよね……と独り言のようにつぶやいてから、彼女は言った。

「愚痴と悩みくらいなら聞くから、気が向いたらどうぞ？　女主人として、最低限のおもてなしです」

「フレイヤさん……」

やっぱりフレイヤさんと閣下は、似たもの夫婦だ。ふたりとも面倒見が良くて、独特のテンポで人を引っ張り込んでしまう。

「――ギルベルト様は」

「ん？」

「ギルベルト様は、……このお屋敷で暮らしていた頃はどんな感じでしたか？」

「あら。昔話で良いの？」

フレイヤさんは、昔話を語り始めた。いわく、彼女とギルは九年前からの知り合いだそうで。ギルが十五歳でザクセンフォード家の騎士になったのとほぼ同時期に、フレイヤさんは若干十五歳で王立アカデミーを修了して医師となり、閣下を診察していたという。

「そのころのレナウさんは、閣下より少し背が低いくらいで、ちょっと幼い顔だったかも。今よりもっと口数が少なくて、出会ったばかりの頃は何を考えてるのか、さっぱり分からなかった。でも、見慣れると分かってくるからふしぎなものよね。いつも仏頂面だから不機嫌なのかと思ってたけど、本人的には意外と毎日楽しんでたみたいで。それまで閉塞的な暮らしをしてたから、見るもの聞くものが全部新鮮で面白いって言ってたわ。……真顔で」

彼女は話術に長けていて、いろいろと聞いているうちに引き込まれてしまった。それに、ギルのことをとてもよく理解しているように思える。……私なんかより、ずっと。

「私、ギルベルト様の年齢さえ知りませんでした」

「あらまぁ」

ギルはフレイヤさんと同い年で、二十四歳だそうだ。……これまで聞く機会もなかった。

婚約者だというのに、私はギルのことをほとんど知らない。

「レナウさんは閣下と違って、自分からペラペラしゃべるタイプじゃないもの。知りたいことは、自分で聞き出さなきゃダメよ」

「……そうですか」

彼のことを、もっと知りたい。でも、いたずらに過去を聞き出して、彼を傷付けてしまったらどうしよう。……嫌われてしまったら、どうしよう。

「彼の出自や金色の瞳のことを、悪く言う人はいましたか？」

「たくさんいたわよ。お母様が〝異民族〟なんでしょう？　素性が知れないとか、野蛮な血だとか、レナウさんのことを好き勝手言う奴は、今よりも多かったと思う。年寄り連中は、とくにうるさかった」

情報が古いのよね、と、冷めきった口調でフレイヤさんはつぶやいている。

「異民族がこの国を脅かしてたのは、もう二十年以上前——私やレナウさんが生まれるよりも前のことよ。昔は大きな争いがあったと聞くけど、今じゃあ何のトラブルもないわ。なのに、頭の古い連中が、いまだに異民族がどうのこうのと騒いでるのよ」

レナウさんも災難よね。と、彼女は溜息まじりに言った。

「年寄り連中には、レナウさんの目の色を毛嫌いしている人も多いわ。金色の目は異民族の特徴だから、レナウさんが混血だって分かるんですって。私たちの世代からすると、ただ『珍しい色だな』ってだけなんだけどね」

「フレイヤさん。私……怖いんです」

拳をぎゅっと握りしめ、私は不安を吐き出していた。

「私のせいで、ギルの居場所がなくなってしまうんじゃないかって」

「居場所？」

私は、うなずいていた。

「ギルにとっては、王都の騎士ではなくて辺境騎士団の団長でいるほうが幸せに違いありません。偏見と悪意に満ちた場所に、私が彼を追い込んでしまったのだと思います。私は、ギルを傷付けているのではないかと……」

ぷっ。と、フレイヤさんは急に吹き出した。

「追い込む？　傷付ける？　レナウさんを？　あははは」

私は真剣に言っているのに……。

「エリィさんってかわいいわ！　レナウさんはそんな軟弱《ヤワ》じゃないと思うけど。今のセリフ、彼に直接聞かせてあげればいいのに」

目じりににじんだ涙を拭き取りながら、フレイヤさんはまだ笑っていた。

「賭けてもいいけど、あなたのそれは取り越し苦労よ。女をそんなに不安にさせるんじゃ、レナウさんもまだまだダメね」

……ギルを悪く言わないで欲しい。私がちょっとムッとしていると、

「結婚するんでしょう？　だったら、聞きたいことはちゃんと聞いて、言いたいこと

はちゃんと言わないと」

ぽん、と私の背中を叩いて、彼女は明るく笑っていた。

――聞きたいことも。言いたいことも。

それは、とても勇気がいることだけれど。私は掌のなかの白い包みをじっと見つめて、しっかりうなずいた。

＊

「おふたりとも、お待ちしておりました」

抜けるような晴天の下。笑みを咲かせたミリアレーナ様が、宮廷内の庭園で待っていた。

私がザクセンフォード家の客人として迎えられた日の翌日。今日は、特別な約束があった。ミリアレーナ様との、初めてのお茶会だ。

「どうぞ、おかけくださいませ」

晴れやかな声で、ミリアレーナ様は着席を促してくる。席は三つ。ミリアレーナ様と私と、そしてギルの分だ。ギルと私はそろって礼をした。

「本日はお招きいただき、光栄です。ミリアレーナ王女殿下」

騎士の礼をするギルを見て、ミリアレーナ様は目を見開いている。

「そのように畏《かしこ》まらなくて良いのに！　わたくしは、あなたの姪《めい》ですもの。どうか、今後はただ〝ミリー〟とでもお呼び下さい」

ギルは淡く微笑んで、「それは非礼にあたります」と辞退していた。

「私がにわかに叔父などと名乗ったために、王女殿下も困惑しておられるでしょう。どうか今まで通り、一介の騎士として扱って下さい。王女殿下と国王陛下への忠義は深まりこそすれ、薄れることなどございません」

「……まじめ」

ぼそっと、呆れたようにミリアレーナ様はつぶやいた。

「相変わらずですね、あなたは。まぁ、いいです。わたくしはあなたを勝手に叔父上と呼びますから」

ぷー。と頰を膨らませて不満そうにしているミリアレーナ様は、ギルととても親しそうな雰囲気だ。彼女に促されて着席しながら、私はギルと彼女の様子を見ていた。

ミリアレーナ様が用意してくれたお茶は、果実のような味わいと華やかな香りが豊かだった。とてもおいしくて、心がほぐれる。

「ミリアレーナ様とギルベルト様は、お知り合いだったのですか？」

「ええ。叔父上はわたくしの幼い頃から、よくザクセンフォード辺境伯に連れられて父のところに来ていたので」

「あの頃から王女殿下はお転婆でしたね。『馬に乗せろ』と何度もせがまれて、苦労しました。むげに断ると、あなたは泣いてしまうので。……泣かせるたびに、国王陛下は私に冷たい眼差しを向けておられましたが」

ギルもミリアレーナ様も、懐かしそうに笑っている。

「まぁ。わたくし、誰にでも迷惑をかけていた訳ではありませんよ？　叔父上は話しかけやすかったんです、何となく父上と似た雰囲気がありましたから。……今となっては、納得ですけど」

ふたりの語らいを、私は新鮮な気持ちで聞いていた。自分の知らない思い出話を、聞かせてもらえるのは嬉しい。またひとつ、ギルのことを知ることができるから。

幼い頃の話に花を咲かせていたミリアレーナ様は、何かを思い出したようで「そういえば！」と声を弾ませた。ギルと私は、紅茶を味わいながら彼女の声に耳を傾けている。

「わたくし、昔は叔父上のお嫁さんになりたい――とか、言っていましたよね！」

聞いた瞬間、私は紅茶を噴きそうになった。ギルはどこか気まずそうな様子で、顔をこわばらせている。

「……確かに、王女殿下はそんなこともおっしゃっていましたね。ずいぶんと昔の話ですが」

「ええ。四、五歳くらいだったかしら。今思うと、とんでもない発言でしたね！　あの頃からわたくし、叔父上に憧れていたんです。だから叔父上が宮廷にお見えになるのが、いつも待ち遠しくて」

鈴を振るような可憐《かれん》な声で、ミリアレーナ様は笑っている。

「国王陛下に殺意に満ちた眼差しを向けられたのは、後にも先にもあのときだけです」

「あら、父上はそんな怖い顔をしていたのですか？」

楽しそうにしているミリアレーナ様と、口をつぐんで肩をすくめているギル。ふたりの姿は微笑ましくもあるけれど……。

ミリアレーナ様がギルと挙式を挙げている場面をうっかり思い浮かべてしまい、なんだか背筋が寒くなった。

……あり得ない話ではない。叔父と姪の婚姻は、とくに禁じられているものでもないのだから。十歳差の夫婦というのも、珍しいものでもないし。王位継承権一位の王女と、二位の王弟が婚姻関係を結ぶというのは、無駄な政争を避ける上でも有効な戦略なのかもしれない……。

「エリィ？　どうした」

肩に触れられて、ようやく私は我に返った。

「い、いえ⁉　何でもありません」

「顔色が優れないぞ」

ぶんぶんぶんと顔を振って誤魔化そうとしている私の挙動は、貴族淑女にふさわしいものではなかった。でも、焦ってしまって、つい……。

「……お姉様、もしかして、今の話がご不快でしたか？」

ハッとした顔をして、ミリアレーナ様が私を見つめた。

「つまらない昔話をしてしまって、申し訳ありません。考えなしに口に出してしまうのが、わたくしの至らぬところです」

どうしよう、ミリアレーナ様がしょんぼりしてしまった。子供時代の話に顔色を変えるなんて、どう考えても私に非があるのに。

「いいえ、違うのです。どうかそのようなお顔をなさらないでください」

話題を、何か話題を変えなければ……。私は、戸惑いながら会話の糸口を探していた。——すると、

「王女殿下は宝飾品への造詣が深いと聞き及んでおります」

ギルが、静かな声を挟んだ。

「王女殿下もご存じの通り、私は武骨者でして。妻となるエリーゼに何を贈るべきか、見当もつきません。この機会に、ご教示いただけませんでしょうか」

——ギル？

穏やかに微笑しながらそう尋ねる彼には、まったく武骨者という雰囲気はない。私を気遣って、そしてミリアレーナ様が明るい気持ちに戻れるように、話題を変えてくれたのだろう。彼の配慮がありがたかった。

「……あら！　エリーゼお姉様に贈り物をお考えですか？」

ミリアレーナ様もギルの機転に気づいた様子で、声を高くして笑みを浮かべた。

「永遠の愛を誓うのならば、やはりダイヤモンドがよろしいかと思います。国内で最上級のダイヤモンドを求めるなら、アヴェレ商会かルナ商会の直営店に行くのがおすすめですよ。とくにアヴェレ商会の扱うものは、近年独自に考案されたカット技法を採用していて——」

目を輝かせて宝石の話をしているミリアレーナ様は、やはり宝飾品にとても詳しい。彼女の話を聞いているうちに、私も質問してみたいと思った。ギルの問いにミリアレーナ様がひとしきり答え終わったタイミングで、問いかけてみる。

「ミリアレーナ様、私にも教えてください。腕の良い宝飾品職人をご存じですか？ぜひ、訪ねてみたいのですが」

壊れてしまった指輪とネックレスを、直したい。

「もちろん、良い職人もおすすめのお店も、たくさん知っていますわ！　せっかくですから、わたくしと一緒にジュエリー店巡りをしませんか？　ちょうど新作も出る時期ですし」

ミリアレーナ様は、私がジュエリーを新調するのだと思っているようだ。嬉しそうな顔をして、席から身を乗り出してきた。

「ミリアレーナ様とお店巡りを？」

「ええ。実はわたくし、お忍びでお買い物に行くのがささやかな趣味なのです。でも、なかなか一緒に巡ってくださる方がいなくって。エリーゼお姉様が一緒なら、とても楽しそうです！」

女性同士でお店巡り。騎士団の雑役婦として働いていたときのことが、ふいに思い出された――ギルとのデートに着ていく服がないから、アンナが一緒に買いに行ってくれたのだ。懐かしさと、切なさが込み上げてくる。

「ありがとうございます。ミリアレーナ様。ぜひ、ご一緒させてください」

わぁ！　と嬉しそうに手を叩くミリアレーナ様に、アンナの姿が重なって見えた。

＊

からりからりと軽やかな響きを立てて、馬車は進んだ。馬車の窓から見える景色は、夏の訪れを告げている。

街路の樹々は青々と茂り、石畳の白によく映えていた。王都の城下町を行き交う人々はみな夏服に身を包んでいる。

今日はミリアレーナ様とのジュエリー店巡りの日だ。馬車での短い移動の間、ミリアレーナ様と私はおしゃべりを楽しんでいた。

「さぁ、もうすぐ着きますよ。エリーゼお姉様」

るんるんと声を弾ませるミリアレーナ様の装いは、宮廷のドレス姿とはまったく違う。上流市民の女性が着るワンピースは、上質ではあるもののあくまで平民用。控えめな服装と深い帽子で、準備万端に変装していた。髪型も、徹底的に変えている。どういう結い方をしたのか、腰まであるはずの彼女の銀髪は、今では鎖骨くらいの長さになっていた。おまけに染め粉も使っていて、彼女本来の銀髪は見事な黒髪に化していた。

「それにしてもお見事な変装ですね。ミリアレーナ様」

「こういう非日常感がクセになるんです！　わたくしの侍女は、メイクの天才でして。お姉様も、そのワンピースすてきですわ。王都では見ないデザインですね」

ちなみに私も、今日は平民女性の装いだ。つば広の帽子と、ザクセンフォード辺境伯領でアンナと一緒に選んだワンピース。今日のおでかけに着ていくために、ユージーン閣下にお願いして騎士団の寄宿所から取り寄せてもらった。古都でギルとデートをしたとき以来、袖《そで》を通すのは二回目だ。

「今日はお忍びですから、わたくしを名前で呼ばないでくださいね」

茶目っ気のある笑顔を浮かべて、ミリアレーナ様が言った。

「ええ。先日のお打ち合わせ通り、ミリアレーナ様のことは『リー』と呼ばせていただきます。それと私たち、今日は本物の姉妹ですものね。馬車を降りたら、敬語も使いませんよ」

秘密を共有し合う少女たちのように、私とミリアレーナ様はくすくすと笑っていた。

やがて、馬車は大きな噴水のある広場に停車した。

「着きましたよ。参りましょう、お姉様」

護衛騎士のエスコートで、私たちは馬車から石畳へと降り立った。ここは王都随一の目抜き通り。きらびやかなジュエリー店やブティック、高級レストランなどが軒を連ねて賑《にぎ》わいを見せている。

私たちはミリアレーナ様一推しの、メゾン・ド・エルロックというジュエリー店に入った。店内には販売員だけでなく、修理依頼を受けるための細工職人も在籍しているようだ。ほっと胸を撫でおろし、私はワンピースの隠しから包みを取り出した。

「あら。お姉様、それは？」

「今日は、これを直してもらいたかったの」

ちぎれた銀鎖のネックレス。そして、魔法を宿していた形見の指輪。

「どちらもギルベルト様からいただいたのだけど。……壊れてしまって」

ネックレスのほうは、即座に修理してもらえた。職人が切断部分を溶接してくれて、破損箇所が分からないほどの見事なでき栄えだ。でも——。

「こちらの指輪の修理は、当店ではお受けできかねます」

申し訳なさそうな顔をして、職人は形見の指輪を返却してきた。

「かなり劣化が進んでいて、磨き直しができません。金属補強で強度を増すことを考えましたが、特殊な材質のようで相性のいい金属を見極めるのも難しく。それに、無闇に補修すると意匠性が損なわれてしまうので」

「そうですか……」

残念な気持ちを隠せないまま、私は指輪を受け取った。そんな様子をじっと見ていたミリアレーナ様は、

「あきらめてはいけません！　他のお店も回ってみましょう」

「え？　でも、リーは？　自分のものを買わないの？」

「わたくしは、また今度でもいいんです！　大切な方からもらったものなら、すぐにでも直したいでしょう？」

ここは王都一の宝飾街ですから、絶対なんとかなりますわ！　と彼女は私の袖を引き、次のお店へ連れていった。

でも次のお店も、その次も、そのまた次も、駄目だった。

「申し訳ありませんが、石の種類が分かりかねます。このような石は拝見したことがありません」

「ずいぶんと劣化していますね。強度がひどく落ちているので、修理は不可能です」

「こちらの指輪は異国の品物ですか？　製法も意匠もかなり独特のようで。当店ではちょっと……」

断られるたび、肩を落とす。ミリアレーナ様も、「うぅ。国一番の宝飾街が、何という体たらく……」と悔しそうに拳を震わせていた。

修理先を求めて、もう一時間以上巡っている。これ以上つき合わせるのは、さすがにミリアレーナ様にも申し訳がない。夏の日差しに汗を浮かべ、扇で仰ぎながら次の店へと向かう彼女を、私はそっと引き留めた。

「リー。ありがとう、もう大丈夫よ。この指輪は、いつか機会があれば直すから」

しかし、彼女は私をじっと見つめている。

「やっぱりお姉様は、とても変わりましたね」

「え？」

「お姉様の気持ち、お顔によく現れていますよ。とても悲しそうです」

顔に？　困惑して頬を押さえた私とは対照的に、彼女はどこか嬉しそうだ。

「わたくし、今のお姉様のほうが前よりもずっと大好きです」

そう言うと、ミリアレーナ様は私の手を引いて馬車の方向へ戻り始めた。

「職人通りに行ってみましょう。わたくしの知り合いに、骨董《こっとう》品好きの細工師がおります。あの者なら、何とかなるかもしれません」

馬車に再び乗り込んで、ミリアレーナ様は御者に指示を出した。

「旧市街の職人通りに行って頂戴。ヴォルドスカの工房付近にお願いね」

馬車に揺られて二十分ほど。目抜き通りの喧騒から離れた、ひっそりとした通りに着いた。〝職人通り〟の名を冠したそこでは、金銀細工師や革職人などの工房が軒を連ねている。

ミリアレーナ様に導かれ、看板にヴォルドスカ工房と書かれた古びた工房にたどりついた。

「来た客がわたくしだとバレると、ちょっと面倒くさいので……。わたくし、口を閉じております。お姉様の後ろから付いていきますわね」

工房のドアを開いた。薄暗い店内を照らすろうそくの灯が、ゆらゆらと揺れて幻想的だ。壁には大小さまざまな装飾品や宝剣類が飾られて、しとやかに輝いている。

「お邪魔します……」

工房の奥には、小柄な老人がひとり。彫金机の前に背中を丸めて座り、作業の真っ最中だった。邪魔をしてはいけないと思い、声を掛けるのが躊躇われたのだが、

「おい、嬢ちゃん。うちは、一見《いちげん》さんはお断りだよ」

不愛想な声を出し、睨み付けるような目つきで私をじろりと見上げた。少し腰が引けたが、背後からはミリアレーナ様からの強い視線を感じる――たぶん、物怖《ものお》じせずに修理を依頼するように、という意図なのだと思う。

前と後ろの強い視線に焼かれつつ、私はひとつ深呼吸してから老人に切り出した。

「突然お訪ねしてすみません。ですが、どうしても修理していただきたいものがあるんです」

「ぁん？」

私は、あの指輪を包んでいた両手をそっと開いた。邪険な態度ながらも、老人は私の掌をのぞき見た。無遠慮に、老人が指輪を摑み取る。

「きゃっ」

「…………………これは？」

老人は引き出しから拡大鏡を取り出して、自分の頭に取り付けた。灯りが足りねぇ、とぼやきながら、ろうそくの灯を手元に寄せる。まじまじと指輪を凝視していたけれど……。

「こりゃあ、ミゼレ人の指輪じゃねぇか！」

目をどんぐりのように丸くして、老人は声を裏返らせた。

「すげぇなお嬢さん。こんなもの、何処《どこ》で手に入れたんだい⁉」

「え⁉」

「こりゃあ本物かい？　いや、まさかな……だが、模造品でも十分だ。こんな見事な代物、お目にかかるのは初めてだぜ！」

予想外の反応に、戸惑いの色を隠せない。言葉を失っていた私に、老人は椅子から立って迫ってきた。

「お嬢さん、こいつを俺に売ってくれねぇか。こういうのずっと欲しかったんだよ」

「だ、駄目ですよ」

「金ならいくらでも出すからよぉ、頼むよ‼」

何でこんな展開に……。押し負けてしまいそうな勢いで、老人がぐいぐい迫ってくる。でも、負ける訳にはいかない。老人の手に握り込まれた指輪を何とか取り返さなければ。私が言い返そうとして、大きく息を吸い込んだ瞬間。

「いい加減になさい、ヴォルドスカ！」

帽子をとったミリアレーナ様が、目を吊り上げて怒声を上げた。

「ひ、姫《ひぃ》さま⁉」

老人が、素っ頓狂な声を上げる。

「姫さまのお連れさんだったんですかい？」

「もう！　あなたの骨董趣味も、度が過ぎると困りものですわね！　それで？　あなたはこの指輪、直せるのですか？　直せないのですか？」

「……直す？　この指輪に手を加えろって言うんですかい⁉　とんでもねぇ。そんなこと、絶対できませんぜ」

「だったら今すぐ指輪をお返しなさい！」

ミリアレーナ様は老人から指輪と奪い取って、私の手に握らせた。

「無駄足でしたわ！　もう行きましょう、お姉様‼」

「は、はい……」

「ヴォルドスカ！　あなた、まっとうな経営をなさいな。客の持ち物を奪うようなことをしたら、父上に報告して捕縛してもらいますからね⁉」

脅迫するような声音でそう言うと、ミリアレーナ様は私を引っ張って工房から出て行った。出る直前、呆然とした態度で老人は何かをつぶやいていたけれど――私の耳に、それは届かなかった。

「ひゃぁ……すげぇモノ見ちまった。ありゃあ、ミゼレ人の〝王の証《あかし》〟じゃねぇか。さすが姫さま、とんでもねぇ代物を持っていなさる……」

❄ ――――――― ❄ ――――――― ❄

■君が、救ってくれたんだ

――魔狼騎士　ギルベルト・レナウ

俺は自分の両親のことを、よく知らない。

幼少時に死別した母からも、とくに愛されてはいなかったと思う。幼い俺を抱くときの母は俺ではなくて、どこか遠くの世界を見ているようだった。病床に伏した母が、どんな気持ちで指輪を俺に渡してきたのか――今となっては確認のしようもない。

母以上に遠い存在だったのが、父だった。父は母を気に入って足しげく母のところに通っていたようだが、俺との接点をほとんど持とうとしなかった。

母を亡くし、父から関心を寄せられることもなく、なぜ生かされているのかよく分からないまま月日はゆっくり流れていった。

そば仕えの者たちは、汚らしいものを見るような目で俺を見た――「なぜ奴隷の子の面倒など見なければならないのか」。「異民族の血を引く王子など、早く殺してしまえばいいのに」。そんな言葉が、日常茶飯事だった。

毒を盛られて生死の淵《ふち》をさまよったのは、十三歳の時のこと。幸か不幸か生き延びてしまった俺は、すべてに絶望していた。死にたい――だが、どうせ死ぬならその前に父を殺したい。俺に地獄を見せた父に、同等以上の地獄を味わわせてやりたい。そんな恐ろしい考えに駆り立てられて、俺は罪を犯そうとしていた。

そんな俺を、君が救った。

エリィの声が、温もりが、あの日の俺を救ってくれた。一条の光も差さない暗闇の中で、君だけが俺に笑いかけてくれたんだ。俺の忌まわしい金の瞳を、温かくて綺麗で、灯り星のようだと君は言った。

――君が、救ってくれたんだ。

君が幸せになるのなら、どんなことでも厭《いと》わない。

俺を望んでくれるなら、俺は何にでもなってみせる。

俺は君を、愛しているんだ。

俺がザクセンフォード家のタウンハウスに到着したのは、日が落ちてからのことだった。西空にわずかな朱が残り、宵闇色が空を濡らす。星々の瞬きの中、南西の空に灯り星を見付けた。

門番に挨拶をして門を抜け、まっすぐ屋敷に向かった。二階のバルコニーから、身を乗り出している彼女を見付ける。

「ギル！」

大輪の笑みを咲かせて、幼子のように大きく手を振っている。――やはり、エリィをこの屋敷に住まわせてもらえて良かった。宮廷では、彼女もこんな振る舞いはできなかったはずだ。

「……エリィ！」

俺も同じだ。いまだ宮廷の〝異物〟である俺が、宮廷内でエリィとのんびり語らうことは難しい。兄上も閣下も、そのような事情を鑑みてエリィの居場所を作ってくれたのだと思う。

フレイヤ夫人は、俺とエリィがふたりきりで夕食をとれるように取り計らってくれた。エリィとの食事は数日ぶりだ。自然、会話も弾んでいく。

「ギル。今日はミリアレーナ様と一緒にお店巡りをしたのよ」

食事を囲みながら、エリィは頬を染めて今日のことを教えてくれた。

「私たち、本当の姉妹のふりをしてね。ミリアレーナ様ったら、変装がすごく上手なの。別人かと思ってしまったわ」

幸せそうなエリィを見ると、俺も幸福に満たされる。――ふと、彼女の首元に目が留まった。

「エリィ。それは……」

彼女の着けている銀鎖のネックレスは、以前、俺が贈ったものだった。はにかむように笑いながら、彼女は説明してくれた。

「ええ。ギルにもらったネックレス、やっと修理に行けたの。ジュエリー店に細工師もいたから、すぐに直してもらえて」

今日は、修理を頼むために店巡りをしていたのだと、エリィは言った。

「……そうだったのか」

大切に持ってくれていたのだと思うと、胸の奥が温かくなる。

「何か新しいものを買いに行ったと思っていた。今日は何も買わなかったのか？」

「いいえ。ひとつだけ、お買い物もしたのよ」

そう言って彼女は、何かを両手で包み込み、俺のほうへと差し出してきた。花が咲くように、やわらかな手が優しく開く――掌の上には、丁寧に包装された小箱が載っていた。

「これを、あなたに」

「俺に？」

エリィに促されて包みを解くと、男性向けのブローチが入っていた。

百合《ゆり》のデザインをあしらった、銀製のブローチだ。純潔・高潔の花として知られる百合は、騎士に好まれるモチーフだ。ザクセンフォード辺境騎士団の騎士章にも、百合があしらわれている。

「ずっと、あなたに何かを贈りたかったの」

恥ずかしそうにしながら、エリィは俺を見つめている。そんな彼女に、堪らなく愛しさが込み上げてきた。

「ありがとう、エリィ。大切にするよ」

ふたりそろって席を立ち、俺はエリィの前に立った。「着けてくれないか」と頼むと、彼女は恥じらいながらも俺の胸にブローチを飾ってくれた。赤らむ頬から、目を離せない。

だが、不意にエリィの美貌に、悲しそうな色が差した。

「ごめんなさい、ギル。本当はね、あなたのお母様の指輪を直したかったの。でも、どのお店でも修理は無理だと言われてしまって」

母の指輪を直そうとしていた？

魔法を発したのちに石がひび割れた形見の指輪を、エリィは「預からせてほしい」と言っていた。あれを修理するつもりだったのか。

「大切なものなのに。壊してしまって本当にごめんなさい。直せるお店を探したかったんだけど、希少性の高い指輪みたいで、目の色を変えて欲しがる人もいて……。人目に晒《さら》すのが怖くなって、結局、今日はあきらめてしまったの。ごめんなさい」

「ずっと気にかけてくれていたのか。本当に、もういいんだ。あの指輪は役目を果たしてくれたんだよ。母が君を守ったんだ」

母は俺を愛してくれなかった――と、ずっと思っていたが。もしかしたら、少しくらいは愛されていたのかもしれない。母は母なりの考えで、あの指輪を俺に与えたのかもしれない。

「母もきっと、喜んでいる」

噛みしめるようにそう言うと、エリィは泣き出しそうな顔をした。

「私ね。……今日、あの指輪を綺麗に直して、あなたに返して謝りたいと思っていたの。直せなかったけれど、私の話を聞いてくれる？」

思いつめた様子で、エリィは俺の腕を取った。星を見ながら話がしたいのだと言って、バルコニーへと俺を導く。

空いっぱいの星の下、エリィは深呼吸をして心を整えようとしていた。

やがて、彼女は言った——私は、ギルの幸せを奪っているのかもしれない。と。

「……どういうことだ？」

「壊れた指輪を見ていると……とても怖くなるの。私は、ギルを壊してしまうんじゃないかって」

不安そうな声で、エリィは語った。

「私のせいで、ギルは辺境騎士団の団長を辞めなければいけない。辺境騎士団の皆さんは、ギルの家族みたいなものなのに……私が、ギルを家族から引き離してしまったの」

——そんなことを、君は思い悩んでいたのか？　エリィの不安に気付かなかった自分を、俺は恥じた。

「それに、王都の人々の中にはあなたを悪く言う人もいる。私を救い出すためにあなたが犠牲になって、つらい境遇に立たされてしまった……そう思うと私は、」

言葉の続きを遮るように、俺はエリィを抱いていた。抱きしめられて、彼女は言葉を失っている。

「俺は君を不安にさせていたんだな。すまなかった」

「！　違うわ、私が――」

「違う。俺自身が望んだんだ。君のことが、欲しいんだ」

抱きしめていた腕を解き、エリィの前にひざまずいた。

「君とともに生きる権利を、何が何でも勝ち取りたい。他の者には譲れない――だから、俺は変わりたかった」

君とともに、生きたいんだ。もう一度そう告げながら、俺は懐から小箱を取り出した。濃紺のベルベットでできたリングケースだ。それを開いた瞬間に、エリィの目から涙がこぼれた。

婚約指輪が、ケースの中で輝いている。

「……私に？」

俺はうなずいた。

「誓いの証を贈るのが、ずいぶんと遅くなってしまった」

ミリアレーナ王女殿下に伺った、ダイヤモンドの指輪だ。

「受け取ってもらえるか、エリィ」

月明りに濡れて、エリィは静かに泣いていた。うなずいた彼女の薬指に、そっと指輪を通す。

「……嬉しい」

泣きながら笑みを咲かせたエリィが、俺に「ありがとう」と告げた。俺の胸に頬を寄せ、彼女は涙を流し続ける。もう孤独の色はない――ただただ、満ち足りた笑顔だ。

俺も安堵の笑みを浮かべ、もうひとつの大切な話を切り出すことにした。

「エリィ。一度、ザクセンフォード辺境伯領に帰らないか？」

ハッと驚いた顔をして、彼女は俺を見上げた。

「騎士団長の職を、正式に現副団長のダグラス・キンブリーに任せることとなった。離着任の手続きが必要だから、俺はザクセンフォード辺境伯領に戻らなければならない。エリィも、一緒に来て欲しいんだ」

「私も……行っていいの？」

エリィは戸惑いながらも、目を輝かせている。

「実は君の同行については、今日、陛下からもご承諾をいただいてきた。それに騎士団の皆も、君に会いたがっている」

拭ってもまたあふれてくる涙に困惑した様子で、しかしエリィは笑っていた。

「私も行かせて。皆さんに、もう一度会いたいわ」

「ああ。一緒に帰ろう」

一緒に帰ろう。──これからの道を、ともに歩んでいくために。

第5章　一緒に帰ろう

今は亡き義妹たちの陰謀で、私がザクセンフォード辺境伯領から連れ去られたのは、四か月ほど前のことだ。けれど、もう何年も昔のことのように感じる。

ずいぶんと、遠いところに来てしまった――距離や時間ではない。自分の身の回りのすべてが大きく変化して、いまだに戸惑いを覚える。

「――もうすぐ、辺境伯領に入るぞ」

馬車の窓から景色を眺め、ギルが私に微笑みかけた。私も彼に微笑み返す。

「ええ。楽しみだけど……少し、緊張するわ」

雑役婦の一人として、騎士団の皆さんのもとで働いていた日々が懐かしい。……皆さんは、私をかつてのように迎えてくれるだろうか。大聖女内定者という立場に戻ってしまった、私のことを。

どこか落ち着かず、私は自分の左手に目を落とした。安心感を求めて、薬指に輝く婚約の証を撫でる。そんな私を、ギルが見ていた。

「何も心配いらないさ。彼らも君を待っている」

ギルは穏やかな口調だけれど、緊張したりしないのだろうか。団長として皆をまとめ上げていたギルが急に騎士団を去り、しかも王弟だったと告知したのだ。皆さんの混乱は、想像に難くない。

——私たちを取り巻く、すべてが変わった。

「なんだかふしぎ。この数か月間の間に、人生一回分くらいの変化を味わった気がするもの」

アルヴィン殿下に婚約破棄を言い渡され、聖痕を失い、居場所をなくした。命さえ失うその直前に、ギルに救われて辺境伯領に連れていってもらった。——そうだ。初めてザクセンフォード辺境伯領に来たときは、何もかもが不安だった。先が見えず、どうしたらいいかもわからず、孤独で凍《い》てつきそうだった。

でも、今は全然寒くない。

あなたがいるなら、私は進める。

「早く、皆さんに会いたいわ」

と、私はギルの肩に軽く頭を預けてつぶやいた。

私はもう、雑役婦に戻ることはできない。大聖女内定者として、そして将来は大聖女として国を支えていくのが私だ。

変わらないものはない。いいことも悪いことも、少しずつ形を変えていく。深まるものも、色褪《いろあ》せていくものもある——皆さんとの間に生まれた絆《きずな》が、どのような形になっていくとしても。私は、皆さんへの感謝を胸に前へ進みたい。

窓に映り込む騎士団本部の遠景を見つめ、私は自分にそう誓った。

騎士団本部の馬車停《と》め場には、すでに何百人の騎士が整列していた。彼らは凛々《りり》しい面持ちで、私たちの馬車が停車するのを待ち構えている。騎士たちの最前に立つのは、副団長のダグラスさんだ。以前から大熊のようにたくましい人だったけれど、四か月ぶりのダグラスさんはますます屈強そうな印象になっていた。

騎士たちは一言も発することなく、緊張感をみなぎらせて屹立《きつりつ》している。これだけの大人数でありながら、静寂が場を満たしていた。

騎士たちの後方には、雑役婦の皆さんの姿もある。ドーラさんを筆頭に、見知った顔が全員居並んでいた。皆さん真剣な面持ちで——ただひとり、アンナだけはうつむいていて顔が見えない。

静寂のなか、ギルと私は馬車を降りた。すべての騎士が敬礼し、ダグラスさんが声を張り上げる。

「ギルベルト・レナウ団長。ご帰還をお待ち申し上げておりました」

ギルも、団長としての鋭い表情で彼に応じた。

「ダグラス・キンブリー副団長、ご苦労だった。俺が不在にしていた期間の、お前の活躍ぶりは辺境伯閣下より聞き及んでいる。エリィを無事に救出できたのも、お前を始め騎士たちの働きがあればこそだ。心より感謝する」

「勿体《もったい》なきお言葉でございます」

唇を引き結んで最敬礼をするダグラスさんに、ギルははっきりこう告げる。

「ダグラス・キンブリー。今後はザクセンフォード辺境騎士団団長として、皆を束ね導《みち》びくように」

ギルの鋭い美貌に、柔らかな笑みが浮かんだ。

「お前に継いでもらえるのなら、俺も安心だ」

「団長…………！」

固く引き締まっていたダグラスさんの顔に、急にくしゃっと皺が寄った。目に涙がにじんで太い眉が下がり、唇がわなないている。

ギルはダグラスさんの肩をぽん、と叩くと、この場に居合わせる全員に向けて声を張り上げた。

「騎士並びに雑役婦の諸君。出迎えご苦労。お前たちには迷惑を掛けた。――俺はいつも、お前たちに救われてばかりだ」

団長……、というつぶやきが、至る所で聞こえ始める。

「自らの素性を隠していたことも、お前たちに謝らなければならない。俺に関する悪評を耳にする機会は、お前たちにも少なからずあったはずだ――にもかかわらず、お前たちは俺を慕い、今もこうして騎士団を支え続けてくれている。感謝の言葉が尽きない」

力強さに、温もりを込めた声音だった。かつて団長としてギルが見せていた厳しい態度とは少し違い、今の彼はどこか晴れやかだ。彼の顔には、精悍な笑みが浮かんでいる。

「俺は部下に恵まれた！　お前たち全員のお陰だ。本当にありがとう」

緊迫を孕んでいた場の空気が、一気に変わった。

「団長……」

「レナウ団長!!」

隊列が崩れた。皆が口々に歓喜の声をあげて、ギルに駆け寄る。ギルの後ろに控えていた私のことも、彼らは笑顔で迎えてくれた。

「エリィちゃん！　お帰り」

「お帰りエリィちゃん！　ちょっと都会っぽくなったかな」

「気のせいだろ、エリィちゃんはエリィちゃんだ」

「無事でよかった……オレ、エリィちゃんが攫われちまって……オレ、……」

「湿っぽい顔してんじゃねぇよお前！　結果オーライなんだからよ!!」

雑役婦の皆さんも、騎士を押しのけて私の前にやってきた。

「エリィ、あんた帰って来てくれたんだね!!」

「このまま会えずじまいだったらどうしようって思ってたんだよ」

「お帰り！」

「お帰り、エリィ！」

――お帰り。お帰り。

言われるたびに、涙があふれだしてきた。抱きしめてきたドーラさんを抱きしめ返しながら、私は「……ただいま」とつぶやいていた。

その日の夜は、宴会だった。食堂を宴会場にして、騎士団の皆さんが私たちの帰還と婚約を祝ってくれたのだ。

「レナウ団長！　エリィ！　婚約おめでとう――!!」

場の空気はすっかりお祭りムード。誰も彼もが大騒ぎ、飲んで笑って食べてしゃべって、楽しそうにしている。

「団長、飲みましょう！　飲んでください！」

「団長の酔いつぶれたみっともない姿を一度くらいは見せてください！　でなきゃ、お別れできません」

「何を言ってるんだお前たちは」

口ではそんなことを言いながらも、ギルは嬉しそうに笑っていた。

「くそー。こんな良い子を嫁にできるなんて……団長がうらやましい！」

「エリィちゃん！　一緒に飲もう!!」

「アルドニカもあるぜ？　祝いの席と言えば、この酒だ！」

「おい貴様ら、エリィに色目を使うな！　エリィは断酒中だ」

酒瓶を奪い取って騎士たちを叱り付けるギルに、副団長のダグラスさんが抱き付いてきた。

「うぅ……団長……。自分らを置いてかないでくださいよぉぉ。自分、本当は団長がいてくださらないと、不安で不安で……実は毎日、胃がきりきり痛くて……」

「……ダグラス、そういうセリフは部下の前では言うんじゃない」

どうやら、ダグラスさんは、泣き上戸だったらしい。滝のような涙を流して、ギルに縋りついて離れない。

私がダグラスさんの豹変《ひょうへん》ぶりに見入っていると、雑役婦の皆さんが声をかけてきた。

「エリィ。酒が駄目なら果実水を飲みな！　あたしのお手製だよ」

「蜂蜜パンもたくさんお食べ。蜂蜜は女神の雫《しずく》って言ってね、縁起物なんだよ！　こいらじゃ嫁入りの祝いは蜂蜜パンって、決まってるんだからさ」

わいわいガヤガヤと。とても楽しい空気の中で、私は幸せに満たされていた。今日の宴《うたげ》のことを、私は生涯忘れない。ひとりひとりの顔を見て、いつまでも胸に焼き付けておきたい。——ふと、私は気が付いた。

アンナの姿が見えない。

私がきょろきょろしていると、ドーラさんが察した様子で声を落とした。

「気にしないでおくれよ、エリィ。あの子は、あんたに合わす顔がないんだ。頭の中がゴチャゴチャで、自分の中で折り合いがつかないのさ。……図々《ずうずう》しくて悪いけど、あの子を責めないでやってくれるかい？」

「責めるなんて……」

責めたりする訳がない。ドーラさんも、分かっていて言っているのだろう。

「ドーラさん。アンナがどこにいるか、分かりますか？　私、アンナを呼んできます」

＊＊＊

騎士団内の厨房で、アンナは壁にもたれて一人で座っていた。肩より短く切《き》りそろえた紅茶色の髪が、壁に擦れて乱雑な印象になってしまっている。

厨房の入り口で物音がして、アンナは振り向いた——騎士のカイン・ラドクリフがそこには立っていた。

「アンナ。こんなところにいたのか」

穏やかな声でそう言うと、こちらに近づいてくる。

「……カインさん」

アンナは、会話を拒むようにうつむいた。

「アンナは、宴に参加しないのか？」

カインは、彼女の隣に椅子を出して腰かけると、彼女の横顔をそっと見つめた。

「………できる訳、ないでしょう?」

絞り出すように、アンナは言った。

「お祝いの席になんて、出られる訳がありません。自分の仕出かしたことの重さくらい、私にも分かってるんです」

膝の上で握りしめた拳が、ふるふると震えている。

「エリィさんがひどい目に遭ったのは、私のせいですから。……それに、カインさんにも、大怪我をさせてしまいました。腕が動かせなくなるかもしれないって、聞きましたけど」

「それは古い情報だよ。今ではこの通りだ」

カインは右腕を自由に動かしてみせた。

「僕の負傷のことで君が負い目を感じるのは、間違っている。僕は騎士だ。人を守るために傷を負ったとして、守った相手に恨みつらみを吐いたりはしない。負傷は己の未熟さゆえだ、アンナに責などあるはずがない」

当然のこととして言ってのける彼を、アンナは泣き出しそうな顔で見つめた。

従騎士だったカインは、今回の活躍を受けて騎士へと昇格した。結果的に、彼にとってば名誉の負傷となったのかもしれないが……それでも、アンナは恐ろしかった。

自分の浅はかな行いを、責めずにはいられない。

「助けてくれて、ありがとうございました。直接お礼を言うのが遅くなってしまって……本当にごめんなさい。カインさんがあいつらを食い止めてくれたから、エリィさんを助けることができたんだと思います」

謝罪より感謝を伝えたほうが、カインは喜ぶに違いない――そんな思いで感謝を伝えると、案の定、彼は満ち足りた笑みを見せた。

「アンナ、宴の席に戻ろう。君が顔を見せれば、エリィさんもきっと安心する」

「…………駄目ですってば！」

自分のことは放っておいて欲しい、アンナはそう思った。

「エリィさんには、明日謝るつもりなんです。宴会のときにこんな話題を出したら、絶対に嫌な気分になっちゃうでしょう？　婚約をお祝いする席なんだから。私は、行けません」

それまでアンナのことを見つめ続けていたカインが、急に視線を逸《そ》らせた。厨房の入り口付近を見つめている。カインの視線につられるように、アンナも入り口を見た。

――そこには、

「……エリィさん！」

そこには、エリィが立っていた。

「アンナ……」

美しい面立ちに切なげな色を乗せ、エリィはこちらに近づいてきた。アンナのすぐ目の前に来て、膝をついてアンナを見つめる。エリィのまっすぐな瞳を受け止めるのが怖くて、アンナは視線をさまよわせた。

「アンナ。ごめんなさい」

どうして、彼女が謝るのだ。戸惑いを隠せず、アンナは身をこわばらせてしまった。

そんなアンナを、エリィが抱きしめる。

「ごめんなさい、アンナ……。あなたにもドーラさんにも、つらい思いをさせてしまったわ。ルイを危険な目に遭わせてしまった。私が、あなたたちを巻き込んでしまった」

「っ！　違います、エリィさんは何も……」

声を荒くして、エリィを見つめる。エリィの碧眼《へきがん》には、悲しみの色が浮かんでいた。

「私はあなたの日常を、危うく奪うところだった。大好きなあなたの、かけがえのない日常を」

アンナのことが、大好きなの。――エリィは、ぽつりと言った。

「初めて会ったときから、あなたは私の憧れだった」

「私が……憧れ？」

ええ。と、エリィは深くうなずいている。

「飾り気のない笑顔がすてきで、どんな仕事もテキパキこなせて。いつも明るくて、優しくて。私、あなたみたいになりたかった。自分の髪を短くしたのは、実はアンナみたいになりたくて、真似をしていたの」

遠い昔を懐かしむような顔をして、エリィは目を潤ませていた。

「私、毎日がとても楽しかった。アンナがいたから、毎日がキラキラしていた。一緒に街に行って、おしゃれな服を探してくれたとき、本当に嬉しかったの。……それまでの私には、心を許せるお友達なんてひとりもいなかったのよ。あなたは私の初めてのお友達で、憧れで、大切な人」

つぅ……と、アンナの目から涙がこぼれる。エリィも泣いていた。

「ありがとう、アンナ。アンナの笑顔が、私は大好き。ずっと……ずっと、あなたのことが大好き。だから、どうか自分を責めないで」

アンナは、エリィを強く抱きしめた。

「エリィさん。ごめん……ごめんなさい。私、馬鹿なことしてごめんなさい。エリィさんが無事でよかった。私もエリィさんのこと、大好き。ずっと大好き！」

ふたりはぎゅっと抱きしめ合って、抱え込んでいた想いを伝えた。やがて、目じりを拭いながら、エリィはアンナの手を取った。

「アンナ。一緒に戻りましょう。私、あなたと一緒に楽しみたい」

「……はい！」

エリィはすっと立ち上がり、カインにも笑みを向けた。

「カインさん。騎士へのご昇格、おめでとうございます。あなたのご活躍で、私は救われました。こうして幸せに過ごせているのは、あなたのおかげです」

「……！　お言葉光栄です、エリィさん」

一緒に、皆さんのところに戻りましょう！　そう言うと、エリィは宴会の席へとふたりを導いた。

エリィがアンナたちを連れて戻ると、宴会場の騎士達が待ち構えていたかのように出迎えてきた。

「お、戻って来たかエリィちゃん。アンナも遅いぞ」

「賞品が戻って来たぞ賞品が!!」

……賞品？ と首を傾げるエリィの隣で、アンナは恥ずかしそうな表情で顔を赤らめている。

「さぁ、レディふたりはこっちこっち。カイン、お前も参加しろよ」

などと言って、騎士たちはエリィとアンナの背中を押して宴会場の真ん中へと連れていった。カインはその場に突っ立ったまま、「え……、僕もやるんですか？」と微妙そうな顔でつぶやいている。

いつの間にか宴会場の真ん中付近は、テーブルと椅子が全部どかされていた。宴会場の真ん中だけがぽっかりと空いている形だ——さながら、格闘技の試合場《リング》のような。

エリィとアンナを連れてきた騎士が、ご機嫌な声を張り上げた。

「おーい皆、注目!! ただいまより、ザクセンフォード騎士団恒例〝拳闘大会〟を執り行う!!」

「「「「うぉぉぉぉぉ」」」」

酔っぱらった騎士たちも、ノリノリで熊のような叫びをあげている。

理解不能でぽかんとしているエリィの横で、アンナはげんなりとした顔でつぶやく。

「うわ。性懲りもなく、またこれやるんだ」

「皆さんは何を始めるつもりなの、アンナ？」

「うちの騎士団唯一の〝悪習〟ですよ。……お酒が回ると、たまに始まるんです。大昔からあるらしいんですけど」

「？」

騎士たちは、今日一番の盛り上がりを見せている。司会をしている騎士の解説を聞いているうちに、エリィの目は驚きに見開かれていった。

「拳闘大会のルールはいつも通り！　一対一のトーナメント形式で、グローブ着用による拳闘試合を行なう。場外または一回でもダウンしたら即・敗《ま》けだ。もちろん今回も、優勝者には賞品が贈与されるぞ!!　今回の優勝賞品はなんと、エリィちゃんのキスだ!!」

「「「「うぉぉぉぉぉぉ――――」」」」

「えぇ!?」

いきなり何の話をしているの!?　とエリィが目を白黒させていると、隣でアンナが教えてくれた。

「……この人たち、ノリで言ってるだけですから、あとで断っちゃって大丈夫ですよ、エリィさん」

アンナは教えた。ザクセンフォード辺境騎士団ではたまに、この〝拳闘大会〟というイベントが行われるのだと。優勝賞品として雑役婦（とくに若年者――普段は主にアンナ）のキスが進呈されることになっているが、実際にキスしてやる雑役婦はひとりもおらず、優勝した騎士がフラれて皆に大笑いされるという一連の流れが〝お約束〟になっているのだ。

「な、なんなの……そのイベント」

「まぁ、ただの酔っ払いの悪ノリですよ。それにしてもエリィさんのキスなんて、よく団長が許可しましたよね。冗談でも絶対に許さなそうなのに」

リングのすぐそばに設置された特別席に導かれたエリィとアンナは、呆れ顔《がお》でそんな話をしていたのだが――。

「ギ、ギル⁉」

手にグローブを着けて颯爽とリングに上がるギルベルトを見て、エリィは声を裏返らせた。

「ギルも試合に出るの？」

「当然だ」

リングの内外で、ふたりは声を交わしあっている。ギルベルトは不敵な笑みをこぼしていた。

「俺が優勝すれば済む話だからな」

対戦相手は、第一部隊のマーヴェ・トールス。明るくて気さくなマーヴェが、物怖じせずにギルベルトと対峙《たいじ》している。

「団長が拳闘大会に参加するなんて、初めてっすね！　おれ、俄然《がぜん》やる気出てますから。優勝賞品《エリイちゃんのキス》はいただきますよ！」

「――そういえばお前は、エリィが騎士団に入った早々からちょっかいを出していたな。エリィにモップの持ち方を教えてやるとか何とか」

余裕の笑みを口元に溜《た》めつつ、ギルベルトは目だけが笑っていない。マーヴェは一瞬、気圧《けお》されたように顔面を引きつらせた。

「始め!!」

試合開始の鐘の音と同時、リング対角にいた両者は瞬時に動いて相手へ迫った。マーヴェの放った一撃を払い、ギルベルトは軽く踏み込んでジャブを打つ。しゅ、と風を切る音が特別席にいるエリィに届いた。二打、三打と連続で打ちつつ上へ下へと変則的な打撃をギルベルトが繰り出していく――マーヴェはガードを取りながらギルベルトの動きを巧みに読んで、カウンターを仕掛けた。後方へのステップで、ギルベルトがそれを躱《かわ》す。

会場内にはわぁわぁという歓声で満たされているが、両者の闘いは静寂のうちに続けられた。互いに声を発することはなく、リング内では打ち合う拳の音だけが緩急豊かに鳴り響いている。両者とも、拳の語り合いをどこか楽しんでいる様子であった。

――ギル、とても嬉しそう。

最初は固唾を飲んで見守っていたエリィも、次第に試合へと引き込まれていった。隣のアンナや周囲の皆と同様に、声の限りに声援を送る。

勝負が決まったのは一瞬のことだった。

「勝者・ギルベルト団長――！」

ダウンを取られたマーヴェの敗北が決まり、レフェリー役がギルベルトの右腕を高く掲げる。

「まずは一勝だ」

涼やかに微笑みながら、ギルベルトはエリィのもとに歩いていった。周囲の視線の集まる中、彼はそっと額にキスを落とす。エリィは、真っ赤になって額を押さえた。

「――ギ、ギルっ？」

「ちょっとダメですよ団長、まだ優勝してないでしょ」

「どうせ俺が勝つ。エリィが賭けられているのなら、誰にも勝ちは譲らない」

酔った様子はなさそうに見えていたが、実際にはギルベルトもそれなりに酔っているのかもしれない。普段なら見せないような羽目を外した彼の行動に、エリィはどきどきしてしまった。

司会役が、こほんと咳ばらいをして進行を続けた。

「それでは、第二試合！　ビル・メイデルとリック・オルソン」

再びの歓声の中で拳闘大会は続き、誰もが全力で試合に臨んだ。

優勝したのがギルベルトであったことは、全員の予想通りであった。

「キースッ！　キースッ！」

「団長！　口ですよ、口！」

などと騎士たちが囃《はや》し立《た》てる中、優勝者《ギルベルト》と優勝賞品《エリィ》はリングの中央に立たされ、互いに向き合った。エリィの顔は、りんごのように真っ赤になっている。

「…………あの。ギル？」

――まさかこんな公衆の面前で、しませんよね……？

そんな恥ずかしいことを、ギルがする訳がない。と思った矢先に引き寄せられ、エリィは目を白黒させた。

――ま、待っ……。

ぎゅ。と、そのまま優しく抱きしめられ、ギルの胸に顔を埋める形になる。

ギルベルトは騎士達に視線を投じて、唇の端を吊り上げた。

「冗談じゃない。お前らに見せるものか」

そんなぁ！　と叫ぶ騎士達の前で、ギルベルトは楽しそうに笑っていた。

＊＊＊

拳闘大会のあとも宴会は賑やかに続き、日付が変わっても終わる気配を見せなかった。私は眠い目をこすりながら、宴会に参加し続けていた。ギルは「眠いなら、無理をしなくていいんだぞ」と言ってくれたけれど……でも、この楽しいひとときを途中で終わらせたくはない。だから最後まで、ここにいようと決めていた。

雑役婦の皆さんは夜が更ける前に居室に戻っていったけれど、騎士は半数以上の人がそのまま飲み続け、今では酔いつぶれてぐうぐう寝息を立てている。ちなみに、ギルの話によると「今ここで酔いつぶれている騎士たちは、明日が非番の者か、翌朝には酒が抜けて平常通り動ける酒豪だけだ」とのことだった。一応、皆さんそれぞれが弁《わきま》えていて、仕事に支障が出ないよう考慮しているらしい。

今、私は静かになった宴会場を、ギルの隣で見つめていた。

「終わっちゃいましたね」

とても満ち足りた、でも、少し寂しい気分だ。幸せいっぱいの時間が終わると、なんだか切ない気持ちになってくる。一抹のもの悲しさを噛みしめて「楽しかった……」とつぶやいた私に、ギルは微笑みかけてきた。

「エリィ。外に出ないか。今日は星がよく見えそうだ」

彼の温かな気遣いが、とても嬉しい。

「ええ。ありがとう、ギル」

彼に手を引かれ、ふたりで騎士団本部の屋上に出た。満天の星空の下、ふたり並んでベンチに腰を下ろす。夏の夜風は、気持ちいい。

「……とても幸せ」

あなたと一緒に夜空を仰ぐひとときは、とても心地よくてかけがえのない時間だ。

左手の薬指を飾る一粒の石が、夜空の星々と対話するように瞬いて見えた。その瞬きがあまりに綺麗で、私は思わず左手を夜空に向けて差し出していた。

ギルが、そんな私の肩を抱く。彼の胸に身を預け、彼の瞳をまっすぐ見つめた。灯火のように美しい金の瞳が、私を見つめ返してくれる。

「やっぱりギルは、私の〝灯り星〟だったのね」

「俺が灯り星？」

ええ。とうなずきながら、私は言った。

「子供の頃、宮廷の庭園で初めてあなたに会った瞬間、そう思ったの。きっとこの人は、〝灯り星を宿した騎士〟なんだ、って。灯り星は、氷に閉じ込められたお姫様を溶かす、魔法の灯火なのよ。……おとぎ話を、覚えてる？」

もちろん、覚えているよ。——とささやいて、彼は私の頬に触れた。

「君との会話を、君の笑顔を、忘れたことは一瞬もなかった。君はいつだって俺を導いてくれる」

頬に触れるギルの指は、とても温かい。……もしかすると、熱いとさえ言えるのかもしれない。触れられるたび、とろけてしまいそうになる。

「凍てつくような孤独の日々も、死地を駆け抜ける苛烈な日々も。まぶたの裏に君を描けば耐えられた。同じ空の下に君がいるのだと——その事実だけが、俺に安息を与えてくれた。そんな君が、俺の婚約者になってくれた。俺は本当に幸せ者だ」

大きな手が、私の両頰を優しく包んでいた。

「エリィ。どうかこれからも、永久《とわ》に俺と共にいて欲しい。君といると、とても温かい」

「ギル…………」

切ないほどに甘くって、涙が勝手にあふれ出す。

「……こんなに温かいのは、生まれて初めてなの。ずっと、一緒にいてくれる？」

「約束する。俺はエリィとずっと一緒だ」

ギルの大きな手が、私の頰を滑ってうなじの辺りを支えた。その端正な顔立ちが、温かな金色の瞳が、そっと私に近づいてくる――。私はギルの瞳に吸い込まれそうになり、瞬きも忘れて彼を見つめていた。

重なろうとする吐息を感じて、私は静かに目を閉じた。

■【Epilogue】私の、家族

――宴会の日から五日後。団長職の引き継ぎや離着任式などが滞りなく終了し、ギルと私が王都に戻る日が来た。

到着した日と同様に、騎士団本部の馬車停め場には数百人の騎士が整列している。その後方には雑役婦。出発の準備を終えて馬車に乗り込むばかりとなった私たちを、全員が見送ってくれた。

最前に立つダグラス新団長が、声を発した。

「ギルベルト王弟殿下。道中、お気を付け下さいませ。殿下の今後一層のご活躍を、我ら一同、心より祈念しております」

ギルは、公の場ではまだ〝王弟殿下〟と呼ばれることを認められていない。血筋は確実に王弟だけれど、王族を名乗る権利は今後の活躍如何《いかん》ということにされている。それを知りながら、ダグラスさんは敢《あ》えてギルを王弟殿下と呼んだ。ギルの活躍と、幸せを願ってのことだろう。

「ありがとう。ザクセンフォード辺境騎士団の諸君も、どうか健やかに。騎士団の益々《ますます》の発展を願っている」

一糸乱れぬ動きで騎士たちが最敬礼をする。固く引き締まった表情は、先日の宴会のときとは別人のようだった。

私は騎士の最後列の、さらに後ろへ目を馳《は》せた。雑役婦の皆さんと、その子供たちが整列している。全員が真剣な面持ちで唇を引き結んでいるけれど、その眼差しは温かい——「がんばっておいで」と言われた気がした。だから、私はうなずいて応えた。

出発のときが来た。ギルにエスコートされ、私はタラップを踏んで馬車に入った。続いて、ギルが乗り込む。

御者が鞭《むち》を鳴らす音。馬の蹄《ひづめ》が、馬車の車輪が響き出す。ゆっくりと馬車が進み始めた。

騎士たちは最敬礼のまま微動だにせず、遠ざかる馬車を見送っていた。お別れは、とても静かなもので——。

いや。静かなものには、ならなかった。

「ギルベルト殿下、万歳！」

「万歳!!」

開いていた馬車の窓から、誰かの声が聞こえた。誰かの投じた万歳の声が、徐々に大きくなっていく。声にこもる熱が高くなり、口々に、声の限りに彼らは叫び出していた。

「殿下万歳！」

「殿下ぁ――！」

「団長！　レナウ団長、万歳」

「お前違《ちげ》ぇよ、団長じゃなくて殿下だ！」

「どっちだって構うもんか。団長は団長だ」

「団長――！　がんばってください!!」

「団長――！」

ギルを呼ぶ声に、私の名を呼ぶ声も混じっていた。

「エリィちゃんもがんばれ！」

「大聖女、万歳！」

「エリィちゃん万歳!!」

雑役婦の皆さんの声も聞こえる。

「エリィ、がんばっておいで！」

「無茶すんじゃないよ、エリィ」

馬車を追いかける皆さんの姿が見えた。アンナが、大きく手を振りながら声を張り上げている。

「エリィさん、がんばって！　私、会いに行くから!!　絶対、エリィさんに会いに行くから！」

「ありがとう、アンナ！」

アンナは泣いていた。子供たちも馬車を追い、「団長！」「エリィ！」と涙声で叫んでいる。馬車の窓を最大限まで開け放ち、私は皆の声に応えた。

「ありがとう！　ありがとう……皆！」

「行ってらっしゃい、エリィ!!」

「いつでも帰っておいで！」

皆が泣いて、笑っている。皆の声が、「行っておいで」と背を押してくれる。

「——行ってきます!!」

行ってきます。いつかまた「ただいま」と言って戻ったら、皆はきっと笑って迎えてくれる。

馬車は騎士団本部からどんどん遠ざかり、やがて皆の姿は見えなくなった。声を上げて泣きじゃくっていた私の肩を、ギルが支えた。

「……ギル。私、ようやく気付いたの」

彼の胸の中で、私は言った。

「騎士団の皆は……私にとっても、本物の家族だったのね」

皆は、ギルにとってかけがえのない家族だ。だけれど皆は、私のことも家族の仲間に迎えてくれた。ギルは私に、温かい家族をくれたのだ。

「ああ。エリィはひとりぼっちじゃあない。彼らも俺も君の家族だ。だから一緒に、前へ進もう」

私には帰る家がある。ともに歩んでくれる人がいる。だから私は、前に進める。

「エリィは大聖女に。俺は王弟に。君と生きたい――だから、進もう」

涙を拭ってくれたギルを見上げて、私は笑った。

「はい」

――ひとりぼっちで大聖女を目指していた、かつての私に教えてあげたい。今の私には大切な人たちがいる。ギルの温もりに包まれて、私は前へと歩んでいける。

「エリィ、愛している」

背中を抱かれて、少しずつ彼の吐息が近づいてくる。ふたりきりの馬車の中、私たちは深い口づけをかわした。

「私もよ、ギル。……とても、とても愛してる」

甘やかな口づけが。温かな抱擁が。いつも心を溶かしてくれる。ひとりぼっちではなくなった私たちは、互いの温もりに甘えながら想いをささやき合っていた――。

［了］

あとがき

初めまして、越智屋《おちや》ノマと申します。この度は『氷の侯爵令嬢は、魔狼騎士に甘やかに溶かされる2』をお手に取ってくださり、誠にありがとうございます。

こちらは二〇二二年から二〇二三年にかけての冬に行われていた第8回カクヨムWeb小説コンテストで、恋愛（ラブロマンス）部門《特別賞》と《コミックウォーカー漫画賞》をいただいた物語です。簡単に言うと『家族から冷遇されて心を閉ざした令嬢が、すべてを奪われ絶体絶命。救ってくれたのは、運命のあの人でした』というシンデレラロマンス。王道中の王道ですが、作中の随所に「ちょっと違うぞ」というズラシ要素が……!?

ヒロインの侯爵令嬢が騎士団勤めの雑役婦になって、包丁で怪我《けが》をしながらトンデモ料理を作ってしまったり、子守りや掃除で慌てふためいたり。ヒロインを追い詰める婚約者や義妹たちがどこまでも愚かなのも、ひたすら痛くて印象的かもしれません。敢《あ》えてズラシたのか、うっかりズレてしまったのかは置いておくとして、全力で魂を燃やしてコンテストに応募した作品でした。コンテスト開催期間中に、Ｗｅｂ読者様の反響を見ながらイベントを追加して増改築したのも懐かしい思い出です。当時の原稿をベースとして、キャラクター追加やストーリー再構成などを経てこちらの書籍版が生まれました。

――夢が、叶《かな》った！

『クリエイターになって自分のキャラクターが活躍するファンタジーを世に出すぞ！』というのが子供時代からの夢でした。叶えられたのは、応援してくれた読者様や担当編集者様方のおかげです。今回の出版を経て、私は澄み切った感謝の心を知りました！　理屈抜きの、胸の内から広がる軽やかな〝ありがとう〟の気持ちです。たくさんの読者様に楽しんでいただけるような作品を作り続けて、お世話になっている方々に恩返しをしたい――それが新しい夢になりました。

色々な気持ちを込めて書きましたが、正直を言うと………（こそっ）未熟な箇所もあるかと思います、スミマセン!!　これが、その時点での全力でした。お付き合いくださった皆様に心からの感謝を伝えるとともに、引き続き精進します！

もっと軽やかに、もっと豊かにもっと楽しく、読んでくれた人を幸せに。そのためにも、試行錯誤しつつ成長を重ねたいと思います。――夢の入り口にようやく立つことができました。本作は私にとって、人生初の長編書籍。私はここから始めます。

王道ストーリーの中で、今回意識したのは『氷のように心を閉ざして身を守ってきたエリィが、愛する人や〝本当の家族〟との間に居場所を見つけて、心を溶かしていく過程』を、心を込めて描くことでした。存在意義や価値を示せなければ自分の居場所はないんだ――そんな思いに囚《とら》われていたエリィと、彼女をありのままに受け入れて溶かしていくギル。ふたりに想《おも》いを重ねていただけたら、本当に嬉《うれ》しいです。

ざっくばらんで陽気な騎士団の雑役婦や騎士たちは、『こんな仲間に囲まれて働けたら、きっと幸せだろうな』と理想を詰め込みました。エリィとともに生きるため、自分の生き方を変えたいと願ったギル――第二巻では彼の行動や表情に大きな変化が生まれました。今後もいろいろと波乱がありそうな気配ですが、彼の人生が幸多きものとなることを、筆者は強く願っています。

最後に、謝辞を述べさせていただきます。本作の魅力を最大限引き出してくださった担当編集者様。未熟な私に親身に寄り添ってくださり、本当にありがとうございます。Ｗｅｂ版から書籍版への加筆改稿は、担当編集様のおかげですばらしいものとなりました！　新キャラクター投入や結末の大幅変更、私ひとりでは到底たどりつけなかった世界へと、本作を導いてくださいました。アマチュア時代から十数年ほど執筆していますが、担当編集様と出会えたこの一年間はこれまでの執筆生活で最も学びが多く、幸せでした――一緒にお仕事できて光栄です！　今回の学びを活《い》かして、ますます精進して参ります。

美しいイラストで本作を彩ってくださった八美☆わん様。甘やかなふたりを表情豊かに描いてくださり、ありがとうございます！

氷のような繊細さの中にあふれる温《ぬく》もりを表現してくださったデザイナー様、メディアワークス文庫編集部の皆様、校正担当者様、営業担当者様、書店スタッフ様、カクヨムコンテストで中間選考に送り出してくれたWeb読者の皆様、いつも応援してくれる家族、そして本作をお手に取ってくださったあなた様。――本作にかかわるすべての皆様に、心よりお礼申し上げます。

またお会いできる日を楽しみにしています。この度は誠にありがとうございました。

二〇二四年　五月　　越智屋ノマ

<初出>

本書は、2022年にカクヨムで実施された「第8回カクヨムWeb小説コンテスト」恋愛（ラブロマンス）部門で《特別賞》を受賞した『婚約破棄と同時に大聖女の証を奪われた『氷の公爵令嬢』は、魔狼騎士に拾われ甘やかに溶かされる』を加筆・修正したものです。

この物語はフィクションです。実在の人物・団体等とは一切関係ありません。

メディアワークス文庫

氷《こおり》の侯爵令嬢《こうしゃくれいじょう》は、魔狼騎士《まろうきし》に甘《あま》やかに溶《と》かされる2

越智屋《おちや》ノマ

2024年7月25日　初版発行

発行者　山下直久
発行　株式会社KADOKAWA
〒102－8177　東京都千代田区富士見2－13－3
0570-002-301（ナビダイヤル）
装丁者　渡辺宏一（有限会社ニイナナニイゴオ）
印刷　株式会社暁印刷
製本　株式会社暁印刷

●お問い合わせ
https://www.kadokawa.co.jp/（「お問い合わせ」へお進みください）
※内容によっては、お答えできない場合があります。
※サポートは日本国内のみとさせていただきます。
※Japanese text only

※定価はカバーに表示してあります。

Printed in Japan
ISBN978-4-04-915622-5 C0193

メディアワークス文庫　https://mwbunko.com/

本書に対するご意見、ご感想をお寄せください。

あて先
〒102-8177　東京都千代田区富士見2-13-3
メディアワークス文庫編集部
「越智屋ノマ先生」係